Diogenes Ta

MARTIN SUTER wurde 1948 in Zürich geboren. Seine Romane (darunter *Melody* und *Der letzte Weynfeldt*) und die *Business Class*-Geschichten sind auch international große Erfolge. Seit 2011 löst außerdem der Gentleman-Gauner Allmen in einer eigenen Krimiserie seine Fälle, derzeit liegen sieben Bände vor. 2022 feierte der Kinofilm von André Schäfer *Alles über Martin Suter. Außer die Wahrheit* am Locarno Film Festival Premiere. Seit einigen Jahren betreibt der Autor die Website martin-suter.com. Er lebt mit seiner Tochter in Zürich.

Martin Suter

Allmen und die verschwundene María

ROMAN

Diogenes

Die Erstausgabe
erschien 2014 im Diogenes Verlag

Für Toni

Veröffentlicht als Diogenes Taschenbuch, 2015

www.diogenes.ch
30/24/36/12
ISBN 978 3 257 24313 0

Prolog

Gut zwei Wochen war es her, dass Allmen International Inquiries den Auftrag erhalten hatte, ein Gemälde wiederzufinden, das es offiziell gar nicht mehr gab: ein Dahlienbild im Wert von dreieinhalb Millionen von Henri Fantin-Latour. Auch der Auftrag kam von jemandem, den es eigentlich gar nicht mehr gab: Dalia Gutbauer. Die heute zweiundneunzigjährige Industrieerbin hatte bis in die späten fünfziger Jahre die Klatschspalten mit ihrem Gesellschaftsleben in Atem gehalten und war nach einer skandalumwitterten Liaison mit einem halbseidenen Liebhaber untergetaucht.

Als Allmen von einer gewissen Cheryl Talfeld ins Schlosshotel bestellt wurde, ahnte er noch nicht, dass das etwas abgetakelte Fünfsternehaus der geheimnisvollen alten Dame gehörte und diese seit über zwanzig Jahren inkognito dessen vierte Etage bewohnte. Und ebenso lange diente ihr Frau Talfeld auch schon als persönliche Assistentin.

Im Schlafzimmer von Madame Gutbauer hatte

während all dieser Jahre neben Porträts, die bekannte Künstler von ihr gemalt hatten, das Dahlienbild gehangen. Sie hatte es als junge Frau von einem Mann geschenkt bekommen, der es für sie gestohlen hatte. Und ebendieses Bild war in den vergangenen Tagen verschwunden.

Allmen und seinem guatemaltekischen Diener Carlos wurde schnell klar, dass das Bild nicht ohne Komplizen in der vierten Etage hätte weggeschafft werden können, und sie beschlossen, dass Allmen ins Hotel ziehen und die Beziehungen der Bewohner der vierten Etage sowie der Gäste und Angestellten des Hotels zueinander untersuchen solle.

Bereits am ersten Abend seines Aufenthalts starb im Hotelrestaurant während des Essens Hardy Frey, ein greiser Dauergast. Und wie sich herausstellte, war er zugleich der etwas halbseidene Mann, mit dem Dalia damals durchgebrannt war – und der einst auch die Dahlien für sie gestohlen hatte.

Allmen holte sich als Verstärkung María Moreno ins Hotel, die Kolumbianerin, in die Carlos sich verliebt hatte und die inzwischen bei ihm in der winzigen Dachwohnung des Gärtnerhäuschens lebte. Als Zimmermädchen getarnt, erforschte sie die Beziehungen innerhalb des Personals. Bald fand sie heraus, dass ein gewisser Claude Tenz, Neffe des verstorbenen Dauergastes Hardy Frey und ebenfalls für kurze Zeit Hotelgast, ein Verhältnis mit Madame Gutbauers Assistentin Cheryl Talfeld hatte.

Auch Allmens Nachforschungen waren erfolgreich: Er fand heraus, dass ein weiterer Dauergast, Teresa Cutress, die Frau war, für die Hardy Frey Dalia Gutbauer damals hatte sitzenlassen. Wie Hardy Frey war auch sie mittellos und lebte genau wie er auf Kosten oder – wie ihre Assistentin es nannte – als Trophäe von Dalia Gutbauer im Schlosshotel.

Carlos fahndete von zu Hause aus. Er entdeckte, dass Hardy Freys Neffe zum Bekanntenkreis des Bauunternehmers, Immobilienhändlers und Nachtclubbesitzers Tino Rebler gehörte.

Bei der Eröffnungsparty eines Clubs begegnete Allmen Reblers Geliebten, einer jungen bildschönen Römerin, die ebenfalls Dalia hieß. Und er erfuhr, dass Tino Rebler ihr kürzlich ein anderes Dahlienbild von Fantin-Latour hatte schenken wollen, aber bei dessen Versteigerung überboten worden war.

So schloss sich der Kreis. Es stellte sich heraus, dass Teresa Cutress und Hardy Frey gemeinsam mit Hardys Neffen Claude Tenz den Plan geschmiedet hatten, mit Hilfe der Assistentin Cheryl Talfeld Madame Gutbauers Dahlienbild zu stehlen und es Tino Rebler als Ersatz für das entgangene zu verkaufen. Mit ihrem Anteil wollten sich die beiden alten Leute einen von Dalia Gutbauer unabhängigen Lebensabend ermöglichen.

Allmen gelang es, Dalia Gutbauer davon zu überzeugen, dass sie keine andere Wahl hatte, als das Bild für drei Millionen zurückzukaufen. Claude Tenz ging auf das Angebot ein, aber anstatt es Rebler abzukaufen, stahl er es aus der Wohnung der römischen Dalia und ließ sich von Allmen die drei Millionen aushändigen.

So kam – fast – alles zu seinem guten Ende: Dalia Gutbauer hatte ihre Dahlien zurück, Cheryl Talfeld behielt ihre Stelle, die Firma Allmen International Inquiries bekam ihr sattes Honorar und Allmen zusätzlich eine ansehnliche Provision, die er sich heimlich abzweigte.

Am folgenden Tag jedoch wurden Allmen und Carlos von der Nachricht beunruhigt, Claude Tenz sei gewaltsam ums Leben gekommen. Noch mehr erschreckte sie allerdings die Tatsache, dass María Moreno nicht nach Hause kam.

Als sie auch in der Nacht nicht auftauchte, befürchteten sie Schlimmes.

Es traf am nächsten Tag ein. Ein Entführer rief an und forderte als Lösegeld – die Dahlien.

Erster Teil

I

Nun gehen Sie schon, Pflegefachfrau Duttli!«

Monika Duttli stand unschlüssig in der Tür. Schließlich ging sie. Wenn Dalia Gutbauer sie »Pflegefachfrau Duttli« anstatt »Schwester Monika« nannte, war es Zeit, die Waffen zu strecken.

Die alte Frau hatte ihr den Rücken zugewandt. Als die Tür ins Schloss fiel, ruckte sie ihr Gehgestell in Richtung Bett und bewegte sich darauf zu.

Dalia Gutbauer hatte das in schwarzem Lack und poliertem Ebenholzfurnier gearbeitete Art-déco-Bett mit dem nach hinten gewölbten Kopfteil als junge Frau bei einer Auktion in Paris ersteigert und sich ihr ganzes bewegtes Leben nicht mehr davon getrennt. Jetzt benutzte sie es nicht mehr. Sie schlief in einem anderen Zimmer in einem Hightechkrankenhausbett, dessen Mechanik und Elektronik es ihr erlaubten, sich noch immer ohne Hilfe schlafen zu legen und auch selbständig aufzustehen.

Für das Art-déco-Bett mit der dicken Matratze, dessen Kopfende man nicht hochklappen konnte, war sie inzwischen zu klein, krumm und unbeweglich geworden. Sie schaffte es nur noch, sich halb sitzend, halb stehend an die Bettkante zu lehnen.

Das tat sie jetzt und richtete ihren Blick auf die Wand mit den fünf Bildern, von denen jedes im Licht eines Spots erstrahlte. Die schweren schwarzweißen Seidenvorhänge mit dem geometrischen Muster waren zugezogen, kein Tageslicht drang in den Raum. Vier der Bilder waren Porträts, die sie in verschiedenen Lebensphasen zeigten. Sie hatte sie immer gemocht, weil sie die Künstler gemocht hatte: Niklaus Stoecklin, Rudolf Schlichter, Meredith Frampton und Gertrude Abercrombie. Die Künstler waren das Einzige, was sie mit den Werken verband. Mit der Frau, die sie zeigten, hatte sie nie etwas zu tun gehabt.

Die Gemälde waren Erinnerungen an Menschen und Orte. An den Geruch nach Ölfarben, Firnis und Zigaretten. An Niki Stoecklin und seine seltsame Basler Fasnacht. An Gertrude Abercrombie und eine Jamsession mit Charlie Parker. An Rudolf Schlichter und die Schönheitstänzerinnen der Münchner Bongo Bar. Und an den langsam erblindenden Meredith Frampton und die langen Sitzungen in seinem eleganten Studio in St. John's Wood.

Dalia Gutbauer angelte sich die Fernbedienung vom Nachttisch und schaltete die Spots aus, einen nach dem anderen, bis nur noch das Dahlienbild von Henri Fantin-Latour hell aus der jetzt dunklen Wand hervorstach.

Schon immer war das Dahlienporträt dasjenige der fünf Bilder gewesen, in dem sie sich am ehesten wiedererkannte. Jede der großen Blüten stellte einen anderen ihrer Gemütszustände und eine andere ihrer Wesensarten dar. Die unbeschwerte Weiße zuoberst neben der kühlen Hellroten und der mondänen Purpurnen, die die geheimnisvolle Blutrote halb verdeckte. Die schüchterne Rosafarbene, die ihre Unschuld mit dem lasziven Himbeerrot ihrer Nachbarin etwas kaschierte. Die arglistige Gelbe, die hinter ein paar Blättern lauerte. Und schließlich die angewelkte Weiße, die schwer über den Vasenrand hing, üppig und verdorben.

Doch jetzt war ihr das Bild fremd geworden. Sie erkannte sich darin noch weniger als in den vier Porträts daneben. Es war, als hätte der zweite Diebstahl es entweiht.

Dalia Gutbauer drückte auf eine andere Taste der Fernbedienung. Einen Augenblick später klopfte es, und der Butler betrat das Schlafzimmer.

Sie deutete mit ihrem krummen Zeigefinger auf die Wand. »Das Bild, bitte, Louis.«

Monsieur Louis zögerte.

»Hierher.« Sie tätschelte gereizt die Matratze neben sich.

Er ging zum Gemälde, nahm es von den beiden Haken, legte es neben sie aufs Bett und sah sie erwartungsvoll an.

»Danke. Das wäre alles.«

Monsieur Louis sah aus, als wollte er etwas sagen.

Die alte Frau kam ihm zuvor. »Sie können gehen.«

»Wünschen Sie Ihr Mittagessen hier?«

»Ich klingle, falls ich Sie brauche.«

Er zog sich zurück.

Das Zimmer lag jetzt im Licht des einzigen Spots, der die leere Stelle zwischen den Porträts erhellte. Die Farben des Bildes, das nun neben Dalia Gutbauer lag, hatten ihre Leuchtkraft verloren, und die Dahlien hoben sich nur noch durch ihre Grauwerte voneinander ab.

Das Bild war ihr nicht nur fremd geworden, es widerte sie an. Es erinnerte sie zwar noch immer an Leo Taubler, den Mann, der es vor bald sechzig Jahren für sie gestohlen hatte. Aber nun war es seine greise abstoßende Ausgabe, die sich Hardy Frey genannt hatte und die im Speisesaal ihres Hotels sang- und klanglos gestorben war. Die Blüten waren jetzt nicht mehr ihre eigenen verschiedenen Facetten, sondern eine Versammlung der Geliebten, mit denen er sie betrogen hatte.

In all den Jahren war das Kunstwerk der romantische Liebesbeweis eines verrückten Liebhabers gewesen. Jetzt war es ein banaler Gegenstand geworden. Ein Gegenstand mit einem Preis: drei Millionen plus ein Menschenleben.

Dalia Gutbauer stemmte sich von der Bettkante hoch und manövrierte sich und ihr Gehgestell zum Schminktisch, dessen schwarzer Lack im schwachen Licht glänzte. Sie öffnete eine der Schubladen, entnahm ihr ein Lederetui und klappte es auf.

Es enthielt ein Maniküreset aus Edelstahl. Sie wählte eine kleine, sehr spitze Hautschere.

2

Allmen hatte sein Handy wie etwas Vergiftetes so weit von sich weggeschoben, wie es die Tischplatte des kleinen Sekretärs erlaubte.

Carlos saß vornübergebeugt in einem von Allmens ledernen Lesesesseln und hielt das Gesicht in den Händen verborgen.

Die Sonne schien, die Rollos des Glasdachs waren heruntergelassen und tauchten die Bibliothek in ockerfarbenes Licht.

Allmen wollte etwas Tröstendes sagen, aber es fiel ihm nichts ein.

Nun richtete sich Carlos auf und ließ die Hände sinken. Er hatte sie so stark gegen das Gesicht gepresst, dass helle Abdrücke auf der Haut zurückblieben. *»¿Qué dijeron?«*, wollte er wissen.

»Sie sagten, sie wollen das Bild.«

»Sonst?«

Allmen hätte sich gerne um diese Antwort gedrückt. Er suchte nach einer schonenden Formulierung.

Aber Carlos sprach es aus: *»Si no la van a matar.«*

Allmen blieb nichts anderes übrig, als zu nicken.

Carlos verbarg wieder das Gesicht in den Händen. Aber nur für einen kurzen Augenblick. Dann fragte er: *»¿Cuanto tiempo tenemos?«*

Allmen zuckte mit den Schultern. Der Anrufer hatte ihm keine Frist gesetzt. Er hatte nur gesagt, Allmen solle sich bereithalten, er werde bald weitere Details erfahren. Das erklärte er Carlos. »Er sprach italienisch«, fügte er hinzu.

»Como los gorilas del Señor Rebler«, ergänzte Carlos. Das Blut war ihm aus den Wangen gewichen, und seine braune Haut wirkte grau.

Auch Allmen zweifelte nicht daran, dass Rebler hinter der Entführung steckte. So wenig wie daran, dass dieser auch Claude Tenz auf dem Gewissen hatte.

Carlos kam in den Sinn, dass in dem Polizeibericht Folterspuren erwähnt wurden. *»La van a torturar«*, stieß er hervor und schlug wieder die Hände vors Gesicht.

Allmen wünschte, er wäre woanders. Das alles war ihm entschieden zu ernst geworden. So hatte er sich den Beruf des Kunstinvestigators – seine momentane Lieblingsberufsbezeichnung – nicht vorgestellt. *The Art of Tracing Art* war eine elegante Beschäftigung, bei der er sich in Kreisen des gehobenen Geschmacks mit Kavaliersdelikten im finanziellen High-End-Bereich zu beschäftigen gedachte. Da flossen weder Blut noch Tränen.

Dennoch beugte er sich vor und tätschelte Carlos unbeholfen die rechte Schulter.

»¿Qué hago?«, fragte der, ohne aufzuschauen.

Diese Frage aus dem Mund des Mannes, der immer wusste, was zu tun war, machte Allmen noch ein bisschen hilfloser. Woher sollte ausgerechnet er wissen, was zu tun war? *»La Policia«*, sagte er und merkte sofort, dass es mehr wie eine Frage als eine Antwort geklungen hatte.

Carlos, in dessen Heimat bei Entführungen die Polizei oft selbst beteiligt war, hob den Kopf. Wieder zeichneten sich die Stellen ab, wo er die Handflächen gegen das Gesicht gepresst hatte. »Wenn die Entführer es erfahren, ist María tot.«

»Wir sind nicht in Guatemala«, entgegnete Allmen. »Hier kann man der Polizei vertrauen.«

»Nur Idioten vertrauen der Polizei«, antwortete Carlos.

Allmen versuchte, es nicht persönlich zu nehmen.

Carlos gab sich einen Ruck und stand auf. »Wenn die Entführer die Dahlien wollen, sollen sie die Dahlien bekommen.«

Allmen sah ihn verwundert an. Das war keine von Carlos unverbindlich klingenden *sugerencias.*

»Madame Gutbauer wird damit nicht einverstanden sein«, gab Allmen vorsichtig zu bedenken.

»Ya veremos«, antwortete Carlos entschlossen.

3

Den Eames Lounge Chair hatte sich Cheryl Talfeld von ihren Eltern zum Abschluss der Hotelfachschule gewünscht. »Wozu brauchst du einen Polstersessel, bei dem Zigeunerleben, das du von nun an führen wirst?«, hatte ihr Vater sie gefragt.

»Als Heimat«, hatte sie geantwortet. Damals war sie fünfundzwanzig gewesen, und in den siebenundzwanzig Jahren, die seither vergangen waren, hatte der Sessel sie zu jeder ihrer Arbeitsstellen begleitet.

Jetzt saß sie darin, hatte die Beine auf seiner Ottomane hochgelagert, nippte an einem Black Label mit vier Stück Eis und blätterte in einem *People*-Magazin voller Prominenz, wie sie längst nicht mehr im Schlosshotel abstieg.

Die vier Fenster ihres Wohnzimmers standen weit offen, denn sie rauchte, und Dalia Gutbauers feine Nase roch Rauch durch alle Ritzen. Sie beschwerte sich darüber, obwohl sie selbst heimlich paffte.

Die Nachricht von Claude Tenz' gewaltsamem Tod hatte sie seltsam ungerührt gelassen, wie eine rasch überflogene Meldung in ›Vermischtes‹. Diese Gefühlskälte beunruhigte sie ein wenig. Aber ebenfalls nicht mehr als die Tatsache selbst. Vielleicht, dachte sie, sollte sie sich einfach damit abfinden, dass sie ein kalter Arsch war, wie ein Liebhaber sie einst genannt hatte.

Eine Vase mit noch fast geschlossenen Tulpen stand auf einem runden Tisch beim Fenster. Die tiefe Aprilsonne warf den langen Schatten des Straußes auf das Parkett. Das Bild brachte ihre Gedanken auf ein anderes Blumenstillleben: die Dahlien von Henri Fantin-Latour.

Seit drei Tagen befand sich das Werk wieder im

Besitz von Dalia Gutbauer, und seither hatte diese es mit keinem Wort erwähnt. Als wäre das Thema mit der Zahlung des Lösegeldes und des Honorars von Allmen International Inquiries für sie abgeschlossen. Allmen hatte offenbar Wort gehalten und Cheryls Rolle beim Verschwinden und Wiederauftauchen des Bildes nicht verraten. Aber sie hatte damit gerechnet, dass Dalia sich zumindest Gedanken darüber machen würde, wer vom Personal Claude Tenz' Komplize war. Oder Komplizin. Denn selbst wenn sie Allmen geglaubt hätte, dass Tenz durch sein Fachwissen als ehemaliger Alarmanlagenspezialist in Madame Gutbauers Etage hätte eindringen können, wäre es ohne Mittäter schwierig geworden, das Bild hinauszuschaffen.

Wie sie Dalia Gutbauer kannte, konnte sie jederzeit unvermittelt auf das Thema zurückkommen. Aber auch diese Möglichkeit ließ Cheryl seltsam gleichgültig.

Eine rasch dahinziehende Wolke schob sich vor die Sonne und verdunkelte den Raum. Cheryl sah erwartungsvoll von ihrer Zeitschrift auf, wie vom Programmheft zur Bühne.

Als hätte es auf dieses Zeichen gewartet, begann ihr Mobiltelefon zu klingeln.

»Allmen. Verzeihen Sie die Störung.«

»Sie stören nicht.«

»Können wir uns treffen?«

Cheryl Talfeld hatte die Begegnung mit Johann Friedrich von Allmen in guter Erinnerung. Der etwas aus der Zeit gefallene Dandy mit den vollendeten Umgangsformen hatte sie amüsiert und ihr geschmeichelt. Die Vorstellung, ihn nach so kurzer Zeit wiederzusehen, gefiel ihr. »Worum geht es denn?«, fragte sie.

»Das möchte ich Ihnen lieber persönlich sagen. Ich will Sie nicht überfallen, aber würde es Ihnen zum Beispiel – in einer halben Stunde passen?«

Cheryl ließ das kurze Auflachen vernehmen, mit dem die hoffnungslos Ausgebuchten auf Terminvorschläge reagieren.

Allmen wartete.

Cheryl suchte nach dem richtigen Zeitpunkt. Nicht zu bald, damit sie nicht das Gesicht verlor, und nicht zu spät, damit er es sich nicht anders überlegte. »In anderthalb Stunden«, schlug sie vor. »Allenfalls.«

»Einverstanden. Im Hotel?«

Cheryl wollte nicht, dass es sich um die Art von Treffen handelte, die auch an ihrem Arbeitsort stattfinden konnte. »Machen Sie einen besseren Vorschlag.«

»In der Goldenbar.«

Als er aufgelegt hatte, schloss sie die Fenster,

ging ins Bad und zog sich aus. Das Licht, das durch die gelben Vorhänge fiel, schmeichelte ihrem knochigen Körper. Es machte die Konturen weicher und glättete die schlaffen Stellen. Die Brüste waren zu klein, um zu hängen, und ihre Pobacken und Oberschenkel zu mager für Orangenhaut. Ihr Körper war gut gealtert, fand sie. Zwar um den Preis eines etwas harten und strengen Gesichtsausdrucks, aber es gab Männer, die das mochten.

Cheryl unterstrich das Gouvernantenhafte ihrer Erscheinung noch durch die schwarzen Lid- und Augenbrauenstriche, den hellen Fond de Teint, den dunkelroten Lippenstift und das hochgesteckte Haar, dessen graue Strähnen sie durch eine pechschwarze Färbung zum Verschwinden brachte.

Sie warf einen letzten Blick in den Ganzkörperspiegel und drapierte vorsichtig eine geblümte Duschhaube über die Turmfrisur, bevor sie sich unter die Dusche stellte.

Was mochte der Grund sein, dass Allmen sie so dringend sehen wollte? Etwas Geschäftliches? Wohl kaum. Den geschäftlichen Teil hatten sie abgeschlossen. Es musste sich um etwas Persönliches handeln. Ihre Beziehung war ja ziemlich bald über das rein Geschäftliche hinausgegangen. Er wusste viel über sie. Und sie allerhand über ihn. Der Abschied vor drei Tagen war beinahe freundschaftlich gewesen. Vielleicht wollte er diese entstehende Freundschaft aufrechterhalten. Vielleicht wollte er sogar, dass mehr aus ihr wurde. Die fünf, sechs Jahre, die sie älter war, fielen in diesem Alter nicht mehr so ins Gewicht. Und sie passten zusammen. Beide besaßen, auf eine etwas klassische Art, Stil.

Sie verließ die Dusche, trocknete sich ab und cremte sich mit einer teuren Bodylotion ein, der sie die noch immer akzeptable Spannkraft ihres Gewebes zuschrieb. Sie öffnete die Schublade ihrer Kommode und suchte mit Bedacht die Unterwäsche aus, die ihm gefallen könnte.

4

Es roch nach feuchtem Mörtel, wie während der Regenzeit in der Hütte aus Zementblöcken, in der sie aufgewachsen war. Das einzige Licht fiel durch einen Schacht, der mindestens ein Stockwerk hoch war und sich ab und zu für einen Moment verdunkelte. Vielleicht durch einen Fußgänger oder ein Fahrzeug.

Der Raum besaß eine provisorische Tür, die wohl aus einem Abbruch stammte und von außen mit einem Vorhängeschloss verriegelt war, das hatte sie inzwischen mitbekommen.

Sie befand sich in einem Rohbau. Morgens um sechs – man hatte ihr ihre Uhr gelassen – war durch den Lichtschacht Baulärm gedrungen. Er hatte, von drei Pausen unterbrochen, den ganzen Tag angedauert und war Schlag fünf Uhr verstummt.

Das einzige Mobiliar war eine Matratze auf dem nackten Betonboden. Und ein grüner Kunststoffeimer, der ihr als Toilette diente.

In einer Ecke des Raumes lag eine Schachtel mit der Aufschrift: »Plötzlich Pizza!!« Der, den der andere »Due« nannte, hatte sie mitgebracht. Er hatte die Pizzaschachtel neben die Matratze gelegt und María angestarrt. Bis der andere hinter der Tür gerufen hatte: »Due! *Andiamo!*« Daher wusste sie, dass er »Due« hieß, »Zwei«.

Sie hatte die Pizza nicht angerührt. Zuerst, weil sie keinen Appetit hatte, und später, als sich der Hunger bemerkbar machte, aus Protest.

Da stand auch eine Anderthalbliterflasche Evian im Raum. Davon hatte sie ein wenig getrunken, außerdem hatte sie eine Ecke der Wolldecke damit befeuchtet, um das Auge zu kühlen, das von einem Schlag zugeschwollen war. Due hatte ihr eine geknallt, als sie ihn *hijo de puta* genannt hatte, Hurensohn. Sie hätte wissen müssen, dass Italiener dafür genug Spanisch verstehen.

Die Entführung war ganz banal vor sich gegangen. Kurz nach ein Uhr war sie von den Dr. Hubers losgegangen, und weil es ein schöner Tag war, hatte sie sich zu Fuß auf den Weg zur Villa Schwarzacker gemacht. Diese lag auf dem gleichen Villenhügel, einfach noch ein wenig weiter oben. Sie hörte ein Auto herannahen und sah sich um. Es war ein weißer BMW, der langsam fuhr und auf ihrer Höhe die Geschwindigkeit auf ihr Schritttempo reduzierte. Der Fahrer schien etwas zu suchen. Er hielt, beugte sich über den Beifahrersitz und öffnete das Fenster. *»Scusi«*, sagte er. Ein junger, gutaussehender Italiener.

María war stehen geblieben und bückte sich zum offenen Beifahrerfenster hinunter. Da wurde die Tür des Fond geöffnet, und jemand stieg aus, den María nicht beachtete. Der Fahrer sagte ein Wort, das mit »Straße« endete und das María nicht verstand.

Plötzlich schrie sie auf vor Schmerz. Jemand hatte ihr grob den Arm auf den Rücken gedreht und zwang sie auf den Rücksitz. Dann setzte er sich neben sie und schloss seelenruhig die Tür. Der Fahrer fuhr davon. Ohne Eile, wie ein Herrschaftschauffeur.

Das alles hatte sich vor einer dichten Gartenhecke abgespielt. Niemand konnte etwas gesehen haben.

Due hatte ihr eine Pistole gezeigt, verstohlen

wie ein Kind einem anderen Kind ein neues Spielzeug, und ihr bedeutet, dass sie sich anschnallen solle. María hatte gehorcht.

Sie waren schweigend den Villenhügel hinaufgefahren, bis die Häuser vom Stadtwald abgelöst wurden. Nach einer Weile bog der Fahrer in einen Seitenweg ab und von da aus in einen ungeteerten Waldweg.

María hatte, schon als ihr klar wurde, dass die Fahrt in den Wald ging, begonnen, mit dem Leben abzuschließen. Jetzt, als der Wagen mitten im Dickicht hielt, schloss sie die Augen und seufzte: »*Dios mío.*«

Due half ihr vom Beifahrersitz, fesselte ihre Hände mit einem Seil hinter dem Rücken und stülpte ihr einen schwarzen Sack über den Kopf, den er mit einem Klebeband um den Hals zusammenraffte. María begann zu schluchzen.

Sie hörte, wie der Kofferraum geöffnet wurde. Plötzlich wurde sie hochgehoben, eine Mischung aus Nikotin und Alkohol stieg ihr in die Nase. Due verstaute sie unsanft im Kofferraum und schlug den Deckel zu.

Das einzige Geräusch, das sie vernahm, war ihr Schluchzen.

Jetzt fuhr der BMW an und holperte über den Waldweg weiter. Nach kurzer Zeit wurde die Fahrt ruhiger, sie hatten wieder eine Asphaltstraße erreicht. María versuchte, sich zu entspannen.

Die Luft war abgestanden, es roch nach Gummi und Benzin. Sie lag mit angezogenen Beinen auf der Seite. Etwas Hartes drückte sie in die Taille, eine Tasche oder ein Koffer.

Immer wieder überfiel sie das Gefühl zu ersticken. Sie zwang sich, ruhig zu atmen.

Bald hatte sie jegliches Zeitgefühl verloren. Manchmal hörte sie die Stimme von Due, der auf dem Rücksitz etwas zum Fahrer sagte. Dazwischen lief kurz laute Musik. Ab und zu spürte sie, dass sie schnell fuhren. Und einmal drückte sie die Fliehkraft in einer engen Kurve kopfvoran gegen die Innenwand der Karosserie.

Dann hielt der Wagen an. Sie hörte die Stimmen der beiden Italiener und das Zuschlagen der Tür. Dann Schritte. Sie entfernten sich.

Sie wartete, bis es ganz still war. Dann begann sie, um Hilfe zu rufen. *»¡Ayuda!«*, rief sie, *»¡ayudenme!«* Und als dies nichts brachte, trat sie, so fest sie konnte, immer wieder gegen das Blech des Kofferraums.

Mit dem Poltern und Schreien, dem Trampeln und Kreischen stieg auch Panik in ihr hoch. Sie bäumte sich auf wie ein Tier in der Falle, bis die Kräfte sie verließen.

Nichts. Schweigen. Niemand hatte sie gehört.

Dann fing sie an zu beten: *»Jehova es mi pastor; nada me faltará«*, den dreiundzwanzigsten Psalm, den ihr ihre Mutter beigebracht hatte. Für den Moment, wenn gar nichts mehr half.

Sie musste eingenickt sein oder hatte das Bewusstsein verloren. Sie erwachte davon, dass Hände sie grob anpackten und aus dem Kofferraum zerrten. Dem Geruch nach musste es Due sein. Er hielt sie an ihrer Handfessel fest und schob sie vor sich her. Sie spürte, dass es eine Weile durch einen großen Raum ging, in dem ihre Schritte widerhallten.

Danach führte sie Due nach links, geradeaus, nach rechts, wie durch ein Labyrinth. Plötzlich stoppte er, öffnete eine Tür und schob sie in einen Raum. Er schloss die Tür hinter sich und zog ihr den schwarzen Sack vom Kopf.

Es war dunkel, bis auf das Licht einer kleinen LED-Leuchte in Dues Hand. Mit ihrem Strahl tastete er María langsam ab. Dann befahl er ihr, sich umzudrehen, und ließ den kleinen weißen Lichtkegel über ihre Rückseite gleiten.

Sie machte sich darauf gefasst, dass er sie gleich anfassen würde. Aber dann ging das Licht aus, und sie hörte, wie die Tür geöffnet und von außen verriegelt wurde.

Aus einem Lichtschacht hinter einer Fensteröffnung hoch über ihrer Reichweite drang ganz wenig Helligkeit. Sie sah eine Matratze mit einer Decke, eine Flasche Wasser, einen Eimer und eine Rolle WC-Papier.

Lange ging sie in dem kleinen Raum auf und ab und versuchte, einen klaren Gedanken zu fassen. Es gelang ihr trotz der gefesselten Hände, den Eimer zu benutzen. Sie mühte sich mit der Wasserflasche ab, öffnete deren Drehverschluss hinter dem Rücken und schaffte es, davorzuknien und die Öffnung so mit den Zähnen zu fassen, dass sie die Flasche etwas kippen und ein paar Schlucke trinken konnte.

Schlafen wollte sie nicht. Aber es war kühl in dem feuchten Kellerraum, sie musste umständlich unter die Wolldecke kriechen, um nicht zu frieren. Sie versuchte, so zu liegen, dass ihr das Seil möglichst wenig in die Handgelenke schnitt. Schließlich fiel sie in einen unruhigen Schlaf.

Fast gleichzeitig mit dem dumpfen, weit entfernten Baulärm war die Dämmerung gekommen. Eine Stunde später, so gegen sieben, war Marías Verlies hell genug, dass sie es sich genauer ansehen konnte. Es gab nicht viel zu entdecken. Ein Abflussrohr kam neben dem Fenster zum Lichtschacht aus der Decke, bog auf halber Raumhöhe in zwei Fünfundvierzig-Grad-Winkeln ab und verschwand in der Wand. Aus den Mauern und der Decke ragten die Enden schwarzer Kabelrohre, in die Stromkabel eingezogen waren. Über der Tür führten ein paar Leitungen, ein paar davon isoliert, an der Decke entlang quer durch den Raum. In einer Ecke stand eine Palette, auf der ein beschädigter Sack Zement lag.

Sie rief, schrie und pfiff durch die Zähne, wie sie es als kleines Mädchen getan hatte, um die Buben des Barrios zu beeindrucken. Aber sie merkte bald, dass keiner sie hörte.

Den ganzen Vormittag quälte sich María mit Gedanken an Carlos. Wie ging es ihm? Hatte er inzwischen die Polizei benachrichtigt? Oder war er seinem Prinzip »keine Papiere, keine Polizei« treu geblieben? Und Señor von Allmen? Wie verhielt er sich? Versuchte er, Carlos zu beruhigen? Sie hatte oft den Eindruck, dass er dazu neigte, vor den unangenehmen Dingen des Lebens die Augen zu verschließen. Sagte er: Die kommt schon wieder, Frauen sind unberechenbar?

Am Nachmittag war Due wiedergekommen, diesmal mit dem gutaussehenden Begleiter, der den Wagen gefahren hatte. Sie hatten mit seinem Handy Allmen angerufen und es ihr für ein paar Worte ans Ohr gehalten. Danach hatte der Gutaussehende wortlos den Raum verlassen.

Due war ihm nicht gleich gefolgt. Er hatte eine

duftende Pizzaschachtel dabeigehabt. Die öffnete er jetzt und hielt sie María unter die Nase. Sie spuckte darauf. Ihre Hände waren noch immer auf den Rücken gefesselt.

Er legte die Schachtel neben die Matratze, kam zu María zurück und öffnete zwei Knöpfe ihrer Bluse. Sie sagte nichts, sah ihn nur verächtlich an.

Danach zog er ein Handy aus der Tasche. Es war ihr eigenes. Er zeigte ihr vierzehn entgangene Anrufe. Einen von Allmen, dreizehn von Carlos.

Das war der Moment, in dem sie ihn *hijo de puta* nannte und er ihr eine knallte.

Danach steckte er das Handy wieder ein, nahm ein Springmesser aus der Hosentasche, ließ es aufschnappen, stand einen Moment mit blanker Klinge dicht vor ihr und ging dann um sie herum.

Sie spürte die Kälte der Klinge. Aber nur an ihrem Handgelenk, als er das Armband ihrer Uhr und die Fessel durchschnitt.

Beim Verlassen ihres Gefängnisses deutete er zwischen seine Beine und warf ihr eine Kusshand zu.

Inzwischen waren ein paar Stunden vergangen. Das Licht, das durch das Fenster fiel, begann sich einzutrüben. Am Abend würden die beiden wiederkommen.

5

Carlos kniete vor der Kommode in dem winzigen Schlafzimmer. Er räumte ihren Inhalt aus, bis er auf eine zerbeulte Schuhschachtel stieß. Er rappelte sich auf, ging damit in das andere winzige Zimmer, das María und ihm als Wohnraum diente, und legte sie auf den Tisch. Er brauchte lange, bis er den Knoten der Packschnur geöffnet hatte und den Deckel abnehmen konnte.

In der Schachtel lag eine schwarzgekleidete Puppe. Ihre hölzernen Beine waren hochgeklappt, damit sie in die Schachtel passte. Carlos baute aus zwei Büchern ein Podest, klappte die Beine herunter und setzte die Puppe darauf. In dem weißbemalten Gesicht sah man zwei schwarze Augen. Der Rest war fast gänzlich von schwarzen Bart- und Brauenhaaren verdeckt.

Carlos nahm ein kleines buntgewebtes Stück Tipicostoff aus der Schachtel und legte es der Puppe um die Schultern. Auf den kahlen Holzschädel setzte er einen breitkrempigen Hut, dann verbeugte er sich vor der Puppe, bekreuzigte sich und murmelte: »*Oh poderoso Hermano Maximón.*« Oh mächtiger Bruder Maschimon.

Er hatte die Figur vor Jahren von einem Landsmann geschenkt bekommen, den er heimlich in einer Mansarde von Don Johns Villa untergebracht hatte, bevor dieser gezwungen war, die Villa zu verkaufen. Maximón, der auch San Simón genannt wurde, war halb Heiliger, halb Teufel und hatte in Carlos' Leben – wie im Leben aller Mayas aus dem guatemaltekischen Hochland – eine wichtige Rolle gespielt. Er war ein Heiliger aus dem Volk, rauchte und trank, war hinter den Frauen her und half bei allem, worunter die einfachen Menschen zu leiden hatten. In Carlos' Dorf wohnte Maximón jedes Jahr in einem anderen Haus. Jeden Tag besuchten ihn Menschen, die Hilfe brauchten, und opferten ihm Schnaps und Tabak und Blumen und Kerzen. Und wenn niemand kam, sorgten die Männer seiner Bruderschaft dafür, dass ihr Chef immer zu rauchen und zu trinken hatte.

Carlos hatte ihn, seit er ihn geschenkt bekommen hatte, noch nie aus seiner Schachtel geholt. Doch jetzt tat er ihm die ganze Ehre an: Er umstellte ihn mit Kerzen und den Maiglöckchen, die er im Garten gepflückt und in Mokkatässchen gestellt hatte. Er wählte den exklusivsten Armagnac aus Allmens Hausbar und füllte mehr als einen Daumenbreit in die vier besten Kristallschwenker. Dann zog er die Vorhänge zu und zündete die Kerzen an. In Marías Manteltasche fand er ein Päckchen Zigaretten. Er steckte eine an und schob sie in den hölzernen Mund der Puppe. Er tauchte drei Finger in den Armagnac, bespritzte den Heiligen und faltete die Hände.

An den Anfang des Gebetes erinnerte er sich: »*Con todo mi respeto*, mit all meinem Respekt, meiner Demut und meiner Liebe, Maximón, flehe ich Dich an.«

Ab da musste er improvisieren. Aber das war nicht schwer. Es ging um seine María. Noch nie hatte er einen Menschen so geliebt wie sie.

Er bat den seltsamen Heiligen, sie zu beschützen und dafür zu sorgen, dass er sie bald wieder gesund und heil in die Arme schließen könne.

6

Wie immer nach einer Katastrophe kam ihm die Unerschütterlichkeit der Welt grausam vor. Die Goldenbar fühlte sich an wie stets um diese Zeit: halbleer und still und frisch gelüftet. Der Barpianist hatte seine Schicht noch nicht angetreten, der alte spanische Barmann klirrte diskret mit Flaschen und Gläsern, und der Barkellner lehnte neben der Registrierkasse und behielt die Gäste im Auge.

Der Barmann hatte bei Allmens Eintreten nach dem Shaker gegriffen, doch Allmen winkte ab. So viel Normalität wollte er der Goldenbar nicht zugestehen, dass er sich jetzt auch noch die übliche Margarita mixen ließ. Er nahm an einem der Nischentische Platz. Sofort setzte sich der Barkellner in Bewegung.

»Etwas zum Warten«, sagte Allmen.

Der Kellner nickte und ging zum Barmann. Allmen sah, wie die beiden zwei Worte wechselten. Kurz darauf brachte ihm der Kellner ein Schälchen mit warmen Mandeln und ein Glas Sherry. »Tío Pepe, *fino*, das Beste fürs Warten, sagt Jorge.«

Allmen nahm einen kleinen Schluck. Jorge verstand sein Handwerk. Für einen winzigen Augenblick stellte sich das Gefühl ein, das ihn überkam, wenn alles stimmte und er mit sich und der Welt im Reinen war.

Er war froh gewesen, dass er einen Grund hatte, aus dem Haus zu gehen. Carlos' Niedergeschlagenheit bedrückte ihn, und die Rolle des Starken und Trösters lag ihm nicht. So genoss er es, in seiner Lieblingsbar an seinem Sherry zu nippen und das zu tun, was ihm so leicht keiner nachmachte: die Wirklichkeit verdrängen.

Doch da ging die Tür auf, und die Wirklichkeit in Gestalt von Cheryl Talfeld kam herein. Allmen erhob sich, half ihr aus dem Mantel und reichte ihn dem Kellner.

Cheryl sah zu ihm hoch und küsste ihn auf die Wangen. »Das letzte Mal haben wir uns so verabschiedet.«

Sie trug ein neues Parfum, das er aber nicht benennen konnte, obwohl er gut war in Parfums. Ihr Make-up kam ihm weniger unnachsichtig vor als bei ihren früheren Treffen.

Er wartete, bis sie sich gesetzt hatte. »Manhattan?«

Sie lächelte. »Überredet.«

Allmen bestellte zwei. Der Kellner entfernte sich, Cheryl lehnte sich im Lederpolster zurück und sagte. »Jetzt bin ich aber gespannt.«

Sie lächelte ihn so erwartungsvoll an, dass Allmen klar wurde, wie falsch sie seine Einladung interpretierte. Er hatte vorgehabt, das Gespräch mit den Worten »Ich brauche die Dahlien« zu eröffnen. Aber jetzt suchte er nach einer diplomatischeren Eröffnung.

Er verstieg sich zu einer etwas geschraubten Feststellung: »Ich fürchte, unser Treffen ist das einzig Angenehme an den Vorkommnissen, die zu diesem geführt haben.«

Cheryl wusste nicht, ob sie den Satz als Kompliment verstehen sollte, und behielt ihr Lächeln auf.

»Ich hätte Sie ohnehin dieser Tage angerufen«, fuhr Allmen fort.

Cheryl nickte ihm aufmunternd zu.

»Aber jetzt ist etwas vorgefallen, das eine Begegnung dringend, noch dringender ...«

Sie betrachtete ihn lächelnd mit leicht zur Seite geneigtem Kopf.

Allmen gab auf. »Ich brauche die Dahlien.«

In diesem Augenblick brachte der Barkellner die Drinks. Aber Cheryl Talfeld war zu überrascht, um zu warten, bis sie wieder unter vier Augen waren.

»Die Dahlien? Das Bild? Den Fantin-Latour von Madame Gutbauer?« Sie wollte sicher sein, dass sie ihn richtig verstanden hatte.

Allmen antwortete mit einer hilflosen Geste.

Cheryl Talfeld brach in Gelächter aus. Es hallte unpassend laut durch die stille Bar. Köpfe wandten sich in ihre Richtung.

Allmen lächelte verlegen mit, bis Madame Gutbauers persönliche Assistentin sich beruhigte. Sie sagte kopfschüttelnd: »Einen Moment lang habe ich es Ihnen geglaubt«, griff zum Glas und prostete ihm zu. *»Cin cin!«*

Allmen erwiderte die Geste, und beide nahmen einen Schluck. Frau Talfeld behielt ihr Glas in der Hand, lehnte sich wieder zurück und richtete sich darauf ein, nun den wahren Grund für das Rendezvous zu erfahren.

Allmen nahm einen neuen Anlauf: »Es handelt sich um Frau Moreno.«

Ihr Lächeln erlosch. »Aha.«

»Sie erinnern sich an Frau Moreno.«

»Nein.«

»Eine unserer qualifiziertesten Mitarbeiterinnen. Sie war auch für Madame Gutbauers Mandat kurz im Einsatz. Undercover.«

»Ach so. Das Zimmermädchen. Was ist mit ihr?«

»Sie wurde entführt.«

»Aha.« Cheryl Talfelds Feststellung klang, als ob sie jeden Tag über Entführungen unterrichtet würde.

Allmen wartete auf eine Frage oder ein anderes Zeichen der Anteilnahme. Aber sie blieb stumm, nahm nur einen großen Schluck und wartete.

»Die Entführung steht im Zusammenhang mit dem Dahlienbild«, erklärte er.

Frau Talfeld trank ihr Glas leer und stellte es ab.

»Ich vermute, der Mann, für den Claude Tenz das Bild gestohlen hat, steckt dahinter.«

Bei der Erwähnung dieses Namens kam wieder etwas Leben in sie: »Aus welchem Grund? Claude hat ihm das Bild doch wieder abgekauft.«

»Ich fürchte, *abgekauft* trifft es nicht ganz.«

»Verstehe.« Cheryl Talfeld hob ihr Glas in Richtung Kellner. Jetzt erst bemerkte Allmen, dass es leer war. »Verzeihen Sie«, murmelte er und winkte den Kellner herbei.

»Sie wissen ja, wer der Mann ist. Weshalb schalten Sie nicht einfach die Polizei ein?«

»Aus dem üblichen Grund. Angst um das Leben des Entführungsopfers.«

Der Kellner erkundigte sich nach ihren Wünschen, und Allmen bestellte.

»Drei Millionen hat Madame Gutbauer die Wiederbeschaffung ihres Bildes gekostet. Plus Ihr Honorar, Herr von Allmen. Aus welchem Grund sollte sie das Bild umsonst wieder hergeben?«

Allmen überlegte. »Mitleid? Barmherzigkeit? Nächstenliebe?« Er merkte selbst, wie schlecht diese Beweggründe zu Dalia Gutbauer passten.

Cheryl Talfeld grinste spöttisch. »Eben«, sagte sie nur. Sie schwiegen beide, bis der Kellner die zweite Runde gebracht hatte.

Es war Allmen, der den Faden wiederaufnahm. »Ich muss mit ihr sprechen. Und Sie sind die Einzige, die das arrangieren kann.«

»Sie wird Sie nicht einmal empfangen.«

»Dann melden Sie jemanden an, den sie empfängt.«

»Und dann tauchen als Überraschungsgast *Sie* auf?« Sie schüttelte ungläubig den Kopf. »Ich riskiere doch nicht meinen Job.«

»Das tun Sie nicht. Sie wird verstehen, dass es sich um eine Notsituation handelt, sobald ich ihr die Situation erklärt habe.«

Sie nahm einen ihrer undamenhaft großen Schlucke. »Für Madame Gutbauer ist es keine Notsituation. Die Mitarbeiterin einer Detektei befindet sich in Gefahr. *So what?* Das gehört zum Berufsrisiko.«

Sie leerte ihr Glas auf abschließende Weise. Allmen hatte sein zweites noch nicht einmal angerührt.

»Können Sie mir ein Taxi bestellen lassen, bitte?«

»Ich fahre Sie, und Sie melden mich bei Madame Gutbauer an. Es ist noch früh.«

»Sie empfängt niemanden, außer Doktor Kersthuber, ihren Hausarzt.«

»Was hat sie?«

»Bald dreiundneunzig Jahre auf dem Buckel.«

»Werden Sie mit ihr sprechen?«

Cheryl Talfeld zuckte mit den Schultern. »Aber erwarten Sie nichts.«

Herr Arnold hatte vor der Goldenbar geparkt und fuhr sie jetzt schweigend die kurze Strecke zum Schlosshotel. Allmen begleitete Cheryl Talfeld die paar Stufen hinauf bis zur Glastür.

Sie verabschiedete sich ohne Wangenkuss.

7

Auch an den Schluss des Gebetes zu Maximón erinnerte er sich noch. »*Te traigo tu puro, tu guarito y tus candelitas para compartirlas.*« Ich bringe Dir Deine Zigarre, Deinen Schnaps und Deine Kerzen, um es mit Dir zu teilen.

Carlos steckte ihm eine letzte Zigarette an, verspritzte noch etwas mehr von Don Johns unersetzlichem Armagnac, bekreuzigte sich und begann, die Kerzen mit benetztem Daumen und Zeigefinger zu löschen.

Rasch füllte sich der kleine Raum mit dem anheimelnden Duft frischgelöschter Kerzen. Carlos fühlte sich ein bisschen weniger verzweifelt. Das vertraute Ritual hatte Marías Entführung unwirklich erscheinen lassen. Und einen schlimmen Ausgang unwahrscheinlich.

Das Telefon schreckte ihn aus seinen Gedanken. Er meldete sich mit »Allmen International Inquiries«.

Niemand meldete sich, aber er hörte, dass jemand am anderen Ende war. Sein Herz setzte aus und fing an, wie wild zu schlagen. Noch einmal sagte er: »Allmen International Inquiries.«

Jetzt befahl eine Stimme barsch: »*Scriva!*« Schreiben Sie auf!

Carlos holte seinen Kugelschreiber aus der Brusttasche des Sakkos.

»*Posso cominciare?*«

»*Sì.*«

»*Latitudine.*«

Carlos schrieb das Wort auf das oberste Blatt eines Notizblocks.

»*Va bene?*«, fragte die Stimme.

Als Carlos bestätigte, fuhr sie fort zu diktieren. Langsam und jedes Wort deutlich betont: »*Quarantasette gradi. Ventisei minuti. Ventisette punto quarantanove secondi Nord.*«

Carlos sprach kein Italienisch, aber wie die meisten Spanischsprechenden verstand er es einigermaßen. Am Schluss stand auf seinem Notizzettel:

Latitudine 47 gradi 26 minuti 27 punto 49 secondi Nord.

Longitudine 8 gradi 30 minuti 52 punto 29 secondi Est. 28 aprile ore 10:00.

»*Capito?*«, fragte die Stimme.

»*Sì*«, antwortete Carlos.

»*E con le dalie!*«, fügte der Anrufer drohend hinzu.

»*Dammi il numero del telefonino di Allmen.*«

Carlos diktierte ihm die Handynummer von Allmen. Der Anrufer wiederholte sie, sagte: »Okay«, und wollte auflegen.

»¡Espera!«, rief Carlos, warten Sie. *»¡María! Hablar! Sprechen! Parlare!«*

Nach einem Augenblick vernahm er ihre schwache Stimme. »Señor John«, fragte sie.

»¡Soy yo, mi vida! Carlos!«, schrie er.

Sie schrie auf. *»¡Yalmha!«* Die Verbindung wurde getrennt.

Der Rauch der gelöschten Kerzen vermischte sich mit dem von Marías Zigarette, die im hölzernen Mund von Maximón steckte.

Maximón hatte ihn erhört. María lebte. Bald würde er sie in die Arme schließen können. Er kniete nieder und faltete die Hände. *»Gracias, oh poderoso Maximón, gracias.«*

Wie als Antwort auf sein Dankesgebet fiel der lange Aschezylinder von der Zigarette und hinterließ eine hellgraue Spur auf der schwarzen Hose der Puppe.

Carlos rappelte sich auf und stellte Allmens Nummer ein.

8

Carlos' Anruf erreichte Allmen in Herrn Arnolds Cadillac. Sie waren auf dem Nachhauseweg durch die Tempo-dreißig-Zone des Villenhügels. Die

Straßenlampen hatten sich schon eingeschaltet, obwohl die Dämmerung noch nicht eingesetzt hatte.

Wie immer, wenn Allmens Handy in Herrn Arnolds Wagen klingelte, entschuldigte er sich. Und wie immer wehrte Herr Arnold die Entschuldigung entrüstet ab.

»*Llamaron*«, sagte Carlos nur.

Allmen atmete auf. In ein paar Minuten sei er zu Hause, beruhigte er ihn.

Er legte auf und bedankte sich gewohnheitsmäßig bei Herrn Arnold für die Erlaubnis, telefonieren zu dürfen. Wieder winkte der Fahrer heftig ab.

Schon von weitem sah er Carlos. Er wartete vor dem schmiedeeisernen Tor der Villa Schwarzacker. Einer der beiden Spots, die das Tor wie eine Skulptur ausleuchteten, erhellte auch seine tiefschwarz glänzende Frisur. Ein paar Haare standen in alle Richtungen, und eine Strähne fiel ihm ins Gesicht. So ungekämmt hatte Allmen ihn noch nie erlebt. Nicht einmal während der schwersten Gartenarbeit für K, C, L & D, die Treuhandfirma, deren Firmensitz Allmens Villa mittlerweile war.

Carlos öffnete die Wagentür und steckte ihm, noch während Allmen Herrn Arnold entlohnte, die Telefonnotiz zu. Noch im Auto studierte er sie.

»*Coordenadas*«, erklärte Carlos.

Dass es sich um Koordinaten handelte, war

Allmen sofort klargeworden. »Und das Datum, Carlos, achtundzwanzigster April?«, wollte er wissen.

»Dann müssen wir an diesem Ort sein, Don John. Morgen. Um zehn Uhr früh. Mit dem Bild, Don John?« Er sah Allmen argwöhnisch an. »Wir bekommen doch das Bild, Don John?«

»Lassen Sie uns ins Haus gehen, Carlos.«

Der kleine Mann nickte resigniert und folgte Allmen schweigend auf dem Plattenweg zum Gärtnerhäuschen hinter der Villa.

Der Abend hatte eine Kaltfront gebracht, und es fielen erste Regentropfen. Aus einem Flieder nahe am Weg flog schimpfend eine Amsel auf.

Das kleine Gebäude und sein zur Bibliothek umfunktioniertes Treibhaus boten ein ungewohntes Bild: Keines der Lichter, die Carlos sonst zu Allmens Begrüßung brennen ließ, war an. Das Gärtnerhäuschen lag ernst und finster unter dem uralten Baumbestand, wie in Trauer.

Auf der Eingangstreppe ging Carlos vor, öffnete die Haustür und machte Licht im Vestibül. Er half Allmen wie immer aus dem Mantel, ging ihm voraus durchs Wohnzimmer in die Bibliothek und wartete, bis Allmen ihm einen der zwei Ledersessel angeboten hatte.

Normalerweise würde Carlos jetzt im Schwedenofen mit einem einzigen Streichholz ein Feuer entfachen. Aber nichts war mehr normal. Und würde es auch nicht mehr werden, solange María sich in der Gewalt dieser Männer befand.

Auch die gewohnte Gesprächshierarchie war aus den Fugen: Carlos wartete nicht, bis Allmen ihm die nächste Frage gestellt hatte, sondern stellte selbst die, von deren Antwort alles abhing: »Was ist mit den Dahlien?«

»Frau Talfeld hat mir versprochen, mit Madame Gutbauer zu sprechen.« Er versuchte, den Satz wie eine gute Nachricht klingen zu lassen. Aber es gelang ihm nicht.

»Aber sie glaubt nicht, dass sie das Bild herausrücken wird«, ergänzte Carlos.

»Nun, ehrlich gesagt: Sie ist ein wenig ... ähm ... skeptisch.«

Carlos nickte wie zur Bestätigung von etwas, das er schon immer gewusst hatte.

»Aber sie wird mit ihr sprechen. Das hat sie fest zugesagt.« Auch hier misslang es Allmen, diesen Umstand vielversprechend klingen zu lassen.

Carlos schüttelte den Kopf. »Sie hat gerade drei Millionen dreihundertzweiundsechzigtausend für das Bild bezahlt. Weshalb sollte sie es wieder hergeben?« Und bitter fügte er hinzu: »Für das Leben einer Illegalen.«

Die paar Regentropfen, die sie auf dem Gartenweg begleitet hatten, waren zu einem ausgewachsenen Aprilregen geworden, der so laut auf das Glasdach trommelte, dass sie die Stimmen erheben mussten.

»Nicht *hergeben*, Carlos«, sagte Allmen, »*ausleihen*. Wir geben ihr das Bild selbstverständlich wieder zurück.«

»Ich verstehe nicht, Don John ...«

Die Idee war nicht durchdacht, aber Allmen sprach sie angesichts der Hoffnungslosigkeit der Lage trotzdem aus: »Allmen International Inquiries hat das Bild schon einmal wiederbeschafft. Weshalb nicht ein zweites Mal?«

Jetzt lächelte Carlos ein kleines bisschen. »*Con todo el respeto*, Don John, bei allem Respekt ...« Er sprach den Satz nicht zu Ende, aber Allmen verstand, dass er ihn für verrückt hielt.

»Und wenn es nicht gelingt, Don John?«

»Wenn es nicht gelingt, das Bild nach Marías Befreiung wiederzubeschaffen, Carlos, haben wir es mit einem Misserfolg der Firma zu tun. Sie wird es überleben.«

Carlos griff nach dem Strohhalm. »Aber weiß Frau Talfeld, dass wir uns das Bild nur leihen wollen?«

Allmen nahm sein Handy aus der Brusttasche

und rief Cheryl Talfelds Nummer ab. Sie meldete sich sofort.

Carlos hörte ihn sagen: »Die Situation hat sich geändert. Wir haben jetzt einen Übergabetermin. In weniger als vierzehn Stunden.«

Und: »Haben Sie schon mit Madame Gutbauer gesprochen?«

Und: »Gut. Dann sagen Sie ihr, wir brauchen das Bild nur leihweise.«

Und: »Spätestens eine Woche nach Freilassung unserer Mitarbeiterin.«

Und: »Das lassen Sie die Sorge von Allmen International Inquiries sein. Wiederbeschaffung von Kunst ist unser Metier. *It's what we do.*«

Als Allmen aufgelegt hatte, wollte Carlos wissen: »Wann wird sie mit ihr sprechen?«

»Gleich morgen früh, sagt sie.«

Carlos dachte nach. »Don John«, sagte er schließlich.

»*Sí*, Carlos.«

»Una sugerencia, nada más…«

9

Der Tod der beiden Menschen, die ihrem Leben eine letzte glückliche Wendung hätten geben sollen, hatte Teresa Cutress schwer mitgenommen. Sie hatte seit der Nachricht von Claude Tenz' Ermordung ihre Suite nicht mehr verlassen, und die Mitarbeiter des Room Service, die ihr in kürzeren Abständen als sonst die Caipirinhas brachten, sahen manchmal Tränen über ihre gelifteten Wangen laufen.

Für ihre Rolle beim Diebstahl und Verkauf der Dahlien an Tino Rebler hatte sie sich eine Gewinnbeteiligung von zwanzig Prozent ausgehandelt. Der plötzliche Tod von Hardy Frey, der ebenfalls mit zwanzig Prozent beteiligt war, hatte zu einer Verzögerung der Auszahlung dieser hundertzwanzigtausend Franken geführt. Claude Tenz hatte ihr den Grund genannt, aber sie hatte ihn nicht genau verstanden. Vor einer Woche hatte er sie dann mit der Nachricht überrascht, dass Dalia Gutbauer das Bild zurückkaufen wolle und er sie an diesem Gewinn ebenfalls beteiligen werde. Dreihunderttausend insgesamt. Zahlbar am Tag nach der Bildübergabe.

Dreihunderttausend hätten gereicht für einen Lebensabend ohne Dalia Gutbauer. Nicht hier, aber in Paraguay. Dort hatte sie mit ihrem unsteten zweiten Mann, Joe Cutress, zwei Jahre verbracht. Er hatte in eine Rinderfarm investiert und war, wie meistens, über den Tisch gezogen worden. Das Leben im Gin-Tonic-Viertel von Asunción hatte sie in sehr guter Erinnerung behalten, und mit zwei alten amerikanischen Freundinnen aus jener Zeit tauschte sie noch zu jedem Jahreswechsel *seasons greetings* aus. Für fünfzigtausend hätte sie im Villa-Morra-Quartier ein hübsches Häuschen kaufen können und mit dem Rest bis ans Ende ihrer Tage ein angenehmes, von Personal umsorgtes Leben führen können.

Aber zwei Wochen nach dem plötzlichen natürlichen Tod seines Onkels hatte Claude Tenz seinen eigenen plötzlichen unnatürlichen erlitten. Noch ehe er ihr ihren Anteil hatte auszahlen können. Der Leichnam habe Folterspuren aufgewiesen, stand in der Zeitung. Sie hätte gerne gewusst, welcher Art.

Damit war sie der Gnade der bösen alten Frau ausgeliefert, die von dort oben, der vierten Etage ihres Hotels aus, ihr Imperium leitete und unnachsichtig Rache an der Welt und dem Leben übte.

Teresa Cutress klaubte eine Kent aus der Packung, die neben dem vollen Aschenbecher lag, und gab sich Feuer mit dem goldenen Dunhill-Feuerzeug. Es trug die Initialen ihres zweiten Mannes, J. C., und war sein einziges Vermächtnis an sie. Ein unfreiwilliges zudem; sie hatte es mitgehen lassen, als sie in das schäbige Appartement gerufen wurde, wo ihn sein einsamer Herztod ereilt hatte, keine drei Wochen, nachdem er aus ihrer gemeinsamen Wohnung ausgezogen war.

Sie ließ das Feuerzeug mit dem eleganten Geräusch zuschnappen, das sie an Cocktails, Dinner Jackets und aufmerksame Begleiter erinnerte, und nahm einen tiefen Zug. Dann drückte sie auf die Room-Service-Taste der veralteten Telefonanlage.

Zehn Minuten später klopfte es, und ein Kellner betrat das Zimmer mit einem Tablett. Er räumte routiniert das leere Glas, die Mandelschalen und den vollen Aschenbecher ab, wischte mit einem Lappen über das Beistelltischchen neben ihrem Sessel, stellte einen frischen Caipirinha, eine Schale Mandeln und einen Aschenbecher darauf und legte ein paar Umschläge daneben. »Ihre Post lag noch in Ihrem Fach, Mrs. Cutress«, sagte er.

»Danke, Igor«, antwortete sie und sah ihm hinterher, als er aus der Tür verschwand.

Sofort nahm sie einen Schluck. Der Caipa war trocken, wie sie ihn mochte, mit wenig Zucker und ganz ohne Lime-Sirup. Dafür mit viel Limetten und Crushed Ice.

Sie stellte das Glas ab und nahm sich die Post vor. Die Mainummer von *House and Garden*, der Werbebrief einer Parfümerie, ein dicker, brauner Polsterumschlag und ein weißer Umschlag mit ihrem Namen und der Anschrift »im Hause«.

Sie hatte sich genug von ihrer Kindlichkeit bewahrt, um zuerst das größte Päckchen zu öffnen –

den Polsterumschlag. Er war in einer schluderigen Handschrift adressiert und mit Notizen und Stempeln und Klebern versehen. Er war als Brief frankiert, aber als Paket taxiert worden und daher unterfrankiert gewesen. Das Hotel hatte ein paar Franken Strafporto und Gebühren bezahlen müssen.

Teresa riss den Umschlag auf und fasste hinein. Zuerst bekam sie ein Blatt zu fassen. Es war einmal gefaltet, und darauf stand in der gleichen fahrigen Handschrift:

Liebe Teresa,

wenn Du das liest, ist unsere Post tatsächlich so zuverlässig, wie ich inständig hoffe. Ich wünsche Dir ab sofort das Leben, das Du Dir wünschst.

In großer Eile
Claude

Sie steckte ihre Hand ein zweites Mal in den Umschlag und stieß auf so etwas wie einen dicken Papierblock. Sie hatte Mühe, es herauszunehmen, seine Ecken verfingen sich in den Blasen der Folie, mit der der Umschlag gefüttert war.

Ungeduldig zerrte sie das sperrige Etwas heraus und sah, dass es ein mit einem Gummiband fest zusammengebundenes Bündel Banknoten war. Tausender.

Teresa Cutress erhob sich aus ihrem Sessel und hängte das Schild »Bitte nicht stören« außen an die Tür. Sie setzte sich wieder, nahm einen Schluck und einen Zug, entfernte das Gummiband von dem Bündel und zählte.

Sie kam bei jedem Zählen auf ein anderes Resultat, so aufgeregt war sie. Beim dritten Mal gab sie sich damit zufrieden, dass es sich um rund dreihundert Tausender handelte.

Was für ein Gentleman! Er hatte sein Versprechen gehalten und ihr ihren Anteil geschickt. Zwar etwas fahrlässig, nicht einmal eingeschrieben, aber er hatte das Geld geschickt.

Sie setzte ihre Brille auf, die sie nur trug, wenn sie allein war, und prüfte den Poststempel. Er trug das Datum »24. April«, der Tag, an dem Claude Tenz tot aufgefunden worden war. Die Sendung hatte drei Tage gebraucht. Wohl wegen der ungenügenden Frankierung.

Sie nahm mit zitternder Hand das Glas, hob es und murmelte: »Auf dich, Claude.« Und trank es in einem Zug leer.

Dann ging sie zu ihrem Schreibtisch, fand ihr in Schlangenhautimitat gebundenes Adressbüchlein, hob den Telefonhörer ab und drückte auf den Knopf, auf dem »Operator« stand.

Das Schlosshotel verfügte schon lange nicht

mehr über einen »Operator«. Die meisten Gäste benutzten zum Telefonieren ihre Handys, und für die paar, die sich noch verbinden ließen, fungierte das Büro als Operator oder nachts der Nachtportier.

»Wie viel Uhr ist es in Paraguay?«, fragte Teresa Cutress, als sich eine Frauenstimme meldete.

Die Frau musste zurückrufen und informierte Teresa, dass es in Paraguay jetzt kurz nach drei Uhr nachmittags sei.

Mrs. Cutress diktierte ihr eine Nummer aus ihrem Adressbüchlein und wartete.

Nach einem langen, aufgeregten Gespräch mit Asunción entfernte sie das »Bitte nicht stören« von der Tür, drückte auf den Room-Service-Knopf und kehrte zu ihrem Sessel zurück. Ihr schwirrte der Kopf, und ihr Herz schlug, als wäre sie frisch verliebt.

Erst als es klopfte, erinnerte sie sich an das Bündel Banknoten. Sie legte es neben sich und deckte es mit ihrem Rock zu.

Als der Kellner gegangen war, trank sie noch einmal auf den armen, treuen Claude Tenz.

Erst dann fiel ihr Blick auf den Briefumschlag mit ihrem Namen und der Adresse »im Hause«.

Sie riss ihn auf. Er enthielt etwas Gemaltes, Unförmiges. Es sah aus wie ein Haufen verwelkter

Blütenblätter, war etwa zehn Zentimeter breit, aus einer Leinwand herausgeschnitten, seine Ränder waren etwas aufgeworfen und an einer Stelle ausgefranst.

Sie brauchte lange, bis sie erkannte, dass es sich um eine verwelkte Dahlienblüte handeln musste. Aber dann begriff sie schnell, woher sie stammte, wer sie ihr geschickt hatte und was sie bedeutete.

Sie nahm sich Zeit für ihren Caipirinha und vertrieb ihre Wut mit Gedanken an Paraguay.

10

Herr Klettmann, der Concierge, blickte überrascht über seine Halbbrille, als er Allmen und Carlos mit leichtem Gepäck die Lobby betreten und auf die Rezeption zusteuern sah. Allmen winkte ihm zu und begrüßte die schwarzgekleidete Frau, die sie mit ihrem Rezeptionistinnenlächeln erwartete.

»Wie schön, Sie nach so kurzer Zeit wiederzusehen, Herr von Allmen, was kann ich für Sie tun?«

»Sind die dreihundertelf und -zwölf frei?«, erkundigte sich Allmen.

Die Rezeptionistin konsultierte ihren Bildschirm und bestätigte, dass die beiden Zimmer – Allmens Suite vom letzten Mal und das Nebenzimmer – frei seien. Was Allmen bei der schlechten Auslastung des etwas muffig gewordenen Schlosshotels nicht überraschte.

Für das, was sie vorhatten, hätte ein Doppelzimmer gereicht. Aber natürlich war es weder für Allmen noch für Carlos vorstellbar, ein Zimmer miteinander zu teilen. Dafür, dass es für Allmen selbst unter diesen Umständen eine Suite sein musste, gab es in Carlos' Augen keinen triftigen Grund. Für Allmen auch nicht. Er brauchte keinen. Er wohnte immer in Suiten.

Sie ließen sich von der Rezeptionistin hinaufbringen und warteten, bis der Bellboy mit der grünen Schürze ihr Gepäck brachte. Carlos reiste mit einem roten Rollköfferchen, das María gehörte, Allmen mit einem Kleidersack und einer Reisetasche, beides Stücke aus seinem schwarzen Set mit den Initialen J. F. V. A., einer Sonderanfertigung aus dem Hause Louis Vuitton. Allmen hasste Rollköfferchen, diese lächerlichen Gepäckstücke.

Im Salon von Allmens Suite besprachen sie noch einmal kurz die Details ihres Plans. Zehn Minuten später begaben sie sich hinunter in die Lobby. Es war kurz vor einundzwanzig Uhr.

Sie setzten sich in eine der Sitzgruppen der menschenleeren Lobby. Das Servierpersonal war im Grillroom beschäftigt, deshalb kümmerte sich der

Concierge um sie, fragte nach ihren Wünschen und gab die Bestellung telefonisch weiter in die Bar. Kurz darauf kam der Barmann persönlich und brachte Allmen ein Glas Champagner und Carlos eine Cola. »Danke, Bert«, sagte Allmen, der sich angewöhnt hatte, sich die Namen der Barmänner zu merken.

Sie beobachteten, wie der dünne, lange, kahle Herr Klettmann von dem untersetzten, bulligen, schnauzbärtigen Nachtportier abgelöst wurde. Sobald der Concierge gegangen war, standen Allmen und Carlos auf und begaben sich zum Empfangstresen.

»Was kann ich für Sie tun, Herr von Allmen?«

»Wir warten auf Herrn Klettmann«, antwortete Allmen.

»Herr Klettmann hat Feierabend. Er ist soeben gegangen.«

Allmen und Carlos wechselten einen irritierten Blick. »Nein, nein«, korrigierte Allmen den Portier, »Herr Klettmann wollte uns in die vierte Etage begleiten. Er hat uns soeben bei Madame Gutbauer angemeldet.«

»Ach«, sagte der Nachtportier erstaunt. »Er ist wirklich schon gegangen.«

»Dann darf ich *Sie* bitten. Wir möchten Madame Gutbauer ungern warten lassen.«

Der Portier griff zum Telefon.

»Wie gesagt, er hat uns vor …«, Allmen sah Carlos fragend an.

»Drei Minuten, Don John, höchstens vier.«

»Vor zwei, drei Minuten angemeldet. Das sähe ein bisschen komisch aus, wenn Sie uns schon wieder anmelden würden. Aber bitte …«

Der Nachtportier legte auf, verschwand im Büro und kam gleich darauf mit einem Schlüssel wieder. »Wenn Sie mir bitte folgen wollen.«

Im Aufzug steckte er den Schlüssel in das Schloss über dem Knopf mit der Beschriftung »3. Etage«. Der alte Lift setzte sich ruckelnd in Bewegung.

In der vierten Etage stoppte er abrupt. Der Nachtportier schloss die Lifttür auf und überließ ihnen den Vortritt in die Empfangshalle.

Monsieur Louis näherte sich, der Butler von Dalia Gutbauer.

»Vielen Dank«, sagte Allmen zum Portier und steckte ihm einen Zwanziger zu. Er bedankte sich und ging zurück in den Aufzug.

»Herr von Allmen? Darf ich fragen …?«

Allmen stellte Carlos vor: »Herr de Leon, mein persönlicher Assistent.«

Hinter ihnen ging die Lifttür zu.

»Was kann ich für Sie tun?«, erkundigte sich Monsieur Louis jetzt sehr irritiert.

»Wir müssen Madame sprechen.«

»Haben Sie einen Termin?«

»Die Herren haben selbstverständlich keinen Termin um diese Zeit.«

Es war die Stimme von Cheryl Talfeld, die aus dem Korridor gekommen war. Die beiden senkrechten Falten über der Nasenwurzel, die am Anfang ihres Treffens in der Goldenbar fast verschwunden gewesen waren, hatten sich jetzt tief eingekerbt. Sie ging an Allmen und Carlos vorbei zum Lift, drückte auf den Knopf und wartete.

Allmen ging auf sie zu. »Ist Madame Gutbauer darüber informiert, dass wir uns das Bild nur borgen wollen?«

»Ich habe Madame nicht mit dem Thema belastet. Es geht ihr nicht gut.«

»Was hat sie denn?«, erkundigte sich Allmen.

»Fieber und Husten.«

»Tut mir leid. Aber Señorita Moreno geht es auch nicht gut«, gab Allmen zurück.

Der Lift kam, Cheryl Talfeld öffnete die Tür.

Allmen und Carlos machten keine Anstalten, den Lift zu betreten.

»Monsieur Louis, bitte!«

Der Butler, der das Geschehen unentschlossen verfolgt hatte, ging nun einen Schritt auf Allmen zu. *»Monsieur d'Allmen, s'il vous plaît.«*

Allmen ignorierte ihn. Cheryl zückte ihr Handy und wählte eine Nummer. Sie wandte sich ab, murmelte etwas, beendete das kurze Gespräch und drehte sich wieder Allmen und Carlos zu. »Wenn Sie jetzt gehen, können Sie vielleicht noch die Begegnung mit unserem Sicherheitsdienst vermeiden.«

Noch ehe Allmen reagieren konnte, sank Carlos auf die Knie. Er bekreuzigte sich und rief mit einer für einen so kleinen Mann beängstigend lauten Stimme seinen wunderlichen Heiligen an:

»*¡Poderoso Maximón!*

Hier knie ich, demütige Kreatur, vor Dir nieder und flehe Dich an, mich zu beschützen in der Gefahr, die mir droht. Bewahre María Moreno, die ich liebe, und lasse es nicht zu, dass die Bösen mehr Macht haben als Du. Bruder Simón, ich rufe Dich an, weil ich weiß, dass Du da bist in den Bergen und Tälern, in den Steppen und Wäldern, in den Städten und Feldern, in den Dörfern und Hütten. Ich danke Dir, dass Du meine Gaben annahmst, und bitte Dich um Deinen Segen.«

Allmen starrte vor sich auf den Teppich und suchte verzweifelt nach einer Öffnung, in die er hätte versinken können.

Da durchdrang, während Carlos sich schwungvoll bekreuzigte, nicht viel weniger laut die Stimme von Dalia Gutbauer die Stille: »Was ist denn hier los?«

Sie stand, auf ihr Gehgestell gestützt, dort, wo der Korridor in die Eingangshalle mündete. Ihr dichtes weißes Haar lag am Kopf wie eine Strickmütze. Sie trug einen seidenen Kimono, dessen Saum durch ihre gebückte Haltung vorne beinahe den Boden berührte. Ihre Pflegerin stand hinter ihr.

Cheryl Talfeld war die Erste, die sich fasste. »Die Herren sind im Begriff zu gehen«, sagte sie und ging auf die alte Frau zu.

Aber Carlos hob wieder an zu beten. Noch lauter als zuvor:

»Gracias MAXIMÓN *por tu ayuda, gracias por concederme lo que tanto desea mi corazón. Oh Hermano Maximón, te pido por tu nombre: que mis ofensas a vos y a la vida queden en el olvido, que me saques del peligro en que me encuentro, debido a mi agradecimiento esta alianza con vos …«*

»¡Basta!«, schrie Dalia Gutbauer.

Carlos verstummte und bekreuzigte sich. Aber er blieb auf den Knien.

Dalia Gutbauer, die es gewohnt war, dass man ihr gehorchte, sah Allmen fragend an. Er ging ein paar Schritte auf sie zu. »Ich weiß nicht, inwieweit Sie informiert sind«, begann er.

»Worüber?«

»Es geht um das Dahlienbild von Fantin-Latour.«

»Für mich ist der Fall erledigt.«

»Für uns war er das auch. Aber es hat sich eine neue Situation ergeben. Eine unserer Mitarbeiterinnen wurde entführt. Die Entführer fordern das Bild als Lösegeld.«

Dalia Gutbauer war die Überraschung anzusehen. »Mein Bild? Aber da müssten sie doch ... Also mich hat niemand kontaktiert.«

»Die Sache ist etwas kompliziert.«

»Erklären Sie sie mir. Mein Auffassungsvermögen ist noch einigermaßen intakt.«

Die Pflegerin hatte einen Stuhl gebracht, auf den sich die alte Frau jetzt umständlich setzte.

Allmen erklärte. »Wir gehen davon aus, dass hinter der Entführung die Leute stecken, die auch die Hintermänner des Diebstahls waren.«

»Aber Tenz hat es ihnen ja zurückgekauft.«

»Zurückgestohlen.«

»Ach so. Stehlen scheint in der Familie zu liegen. Also deswegen wurde er umgebracht.«

Allmen nickte. »Vielleicht nicht einmal absichtlich. Vielleicht sind sie nur bei der Befragung zu weit gegangen.«

»Und bei dieser Befragung ist der Name Allmen International Inquiries gefallen«, folgerte Madame Gutbauer. »Und jetzt gehen sie auf Sie los.«

»Ich fürchte, Sie sehen das richtig, Madame Gutbauer.«

Sie begann den Kopf von links nach rechts und von rechts nach links zu drehen, langsam und mit großem Nachdruck. Schließlich sagte sie: »Die wollen mich erpressen mit der Drohung, jemanden zu töten, den ich nicht einmal kenne.« Sie verzog den Mund zu einem verächtlichen Lächeln. »Stümper!«

Sie winkte der Pflegerin hinter sich. »Kommen Sie, Schwester Monika, gehen wir.«

Die Schwester half ihr aus dem Stuhl.

»Wir möchten das Bild nur ausleihen«, beeilte sich Allmen zu sagen. »Sobald unsere Mitarbeiterin frei ist, bekommen Sie es zurück.«

»Und wie wollen Sie das anstellen?«

Allmen legte so viel Arroganz in die Antwort, wie er aufbrachte. »Die Wiederbeschaffung von Kunstwerken ist, wie Sie wissen, unser Metier.«

»Ich hoffe, auch die Wiederbeschaffung von Mitarbeiterinnen.« Sie wendete ihr Gehgestell und setzte sich in Bewegung.

»Madame!« Es war die Stimme von Carlos, der jetzt aufsprang und ihr folgte. »Madame, Sie kennen nicht die Mitarbeiterin«, rief er in seinem gebrochenen Deutsch, »aber jetzt kennen Sie den Mann, dessen Herz bricht, wenn ihr etwas zustößt!«

Wieder hätte sich Allmen angesichts dieses pathetischen kleinen Mannes am liebsten in Luft aufgelöst.

Carlos hatte Dalia Gutbauer überholt und war vor ihr auf die Knie gesunken. Er breitete die Arme aus und versperrte ihr den Weg. Allmen, der sich etwas im Hintergrund hielt, sah, dass ihm Tränen über die Wangen liefen.

Dalia Gutbauer sah Allmen an. »Ist das auch ein Mitarbeiter von Allmen International Inquirics?«

»Herr de Leon«, antwortete er kühl, »ist mein persönlicher Assistent. Er hat bei der Wiederbeschaffung der Dahlien einen unschätzbaren Beitrag geleistet. Wie Señora Moreno übrigens auch.«

Die Alte wuchtete ihr Gestell an Carlos vorbei und ging, gestützt von ihrer bedauernd lächelnden Pflegerin, an ihm vorbei und tiefer in den Korridor hinein.

11

Carlos kniete noch immer an derselben Stelle. Allmen reichte ihm die Hand und half dem schluchzenden Mann auf die Beine. Er zog das Einstecktuch aus seiner Brusttasche und reichte es ihm.

Monsieur Louis, der das Drama steif verfolgt

hatte, rührte sich nun. Er ging zur Lifttür, versuchte sie zu öffnen, merkte, dass der Lift wieder hinuntergefahren war, und drückte auf den Knopf.

Cheryl Talfeld ging ebenfalls auf Carlos zu und hakte sich bei ihm unter. *»Lo siento«*, sagte sie halblaut, es tut mir leid. Allmen überraschte ihre unerwartete Anwandlung von Mitgefühl, und er warf ihr einen verwunderten Blick zu.

Der Lift war zurückgekommen, Monsieur Louis öffnete die Tür. Die Assistentin von Dalia Gutbauer wandte sich an ihn: »Danke, Monsieur Louis, ich kümmere mich um die Herren.«

Er zögerte kurz, übergab ihr die Lifttür und verzog sich. Erleichtert, wie es Allmen schien.

Sobald er außer Sicht war, ließ Cheryl Talfeld die Lifttür zufallen. »Kommen Sie.«

Allmen und der aufgewühlte Carlos folgten ihr in ein Zimmer mit ein paar ausgesuchten Polstermöbeln aus Dalia Gutbauers Art-déco-Kollektion und einem Lounge Chair, der schlecht ins Ensemble passte. Die vier Fenster gingen auf die Geschäftshäuser hinaus, die im ehemaligen Hotelpark entstanden waren. In einigen Etagen brannte noch grelles Bürolicht. Cheryl Talfeld bot ihnen zwei der Art-déco-Sessel an und zog die Vorhänge zu. Sie setzte sich in den Lounge Chair und sah ihre beiden Gäste etwas ratlos an.

Zu ihrer Überraschung war es der kleine, von seinem großen Auftritt erschöpfte Zentralamerikaner, der als Erster sprach. Er deutete auf die Tulpen am Fenster, die jetzt krumm und aufgeblüht in alle Richtungen aus der Vase wuchsen, und sagte: »Nicht so viel Wasser für die Tulpen, Señora, drei Zentimeter reichen.«

»Herr de Leon ist ein großer Blumenfachmann«, erklärte Allmen, »unter anderem.«

Cheryl nickte. Sie wusste nicht, weshalb sie die beiden in ihr Zimmer gebeten hatte. Sie hätten den Lift betreten, und sie hätte die Tür hinter ihnen zufallen lassen. Vielleicht lag es daran, dass sie in all den Jahren in dieser von der Außenwelt abgeschnittenen kalten Welt der Dalia Gutbauer noch nie einen so großen Ausbruch echter Gefühle erlebt hatte. Der kleine Mann hatte sie berührt. Aber das allein hätte nicht gereicht. Die Kaltschnäuzigkeit der alten Frau hatte sie wütend gemacht. Dass die beiden jetzt in ihrem Zimmer saßen, war ihre Art, sich von Dalia Gutbauer zu distanzieren. So viel wurde ihr jetzt klar. Wie es nun weitergehen sollte, wusste sie nicht.

»Morgen, zehn Uhr«, sagte Allmen in die Stille hinein.

»Glauben Sie, dass die wirklich …?«

»Bei Claude Tenz haben sie ja auch wirklich …«

»Haben Sie nicht gesagt, das sei vielleicht ein Unfall gewesen? Die seien einfach bei der Befragung zu weit gegangen?«

Bevor Allmen antworten konnte, sagte Carlos: »Leuten, die Menschen entführen, ist alles zuzutrauen. In meinem Land töten sie ihre Opfer, selbst wenn sie das Lösegeld bekommen.«

»Welches ist Ihr Land?«, fragte Cheryl.

»La República de Guatemala.«

Ihre Hotelkarriere hatte sie unter anderem nach Mexiko und Kolumbien geführt. Sie wusste, dass Allmens Assistent nicht übertrieb. Mehr zum Trost als um zu widersprechen sagte sie: »Sie sind hier nicht in Guatemala.«

»Das war der Señor Tenz auch nicht, Señora.«

Cheryl Talfeld dachte nach. Die beiden Männer hüteten sich, sie dabei zu stören. Sie ahnten, dass sie dabei war, eine wichtige Entscheidung zu treffen.

Es klopfte, und gleich darauf betrat Monsieur Louis den Raum. »Zwei Herren von der Security«, meldete er.

Hinter ihm standen zwei Männer in Khaki Overalls. Frau Talfeld stand auf und ging auf sie zu.

»Beletti«, stellte sich der Schmächtigere der beiden vor und begrüßte sie mit einem harten Händedruck, während er misstrauisch an ihr vorbei zu

Allmen und Carlos blickte. »Alles in Ordnung?«

»Alles in Ordnung«, versicherte sie. »Ein Missverständnis.«

Belettis Kollege, ein kahlgeschorener vierschrötiger Kerl mit kunstvoll getrimmtem Bart, stand die Enttäuschung ins Gesicht geschrieben. Er steckte etwas in seinen mit allerlei Metallgegenständen behangenen Gürtel zurück, das Cheryl nicht erkennen konnte. Beletti nahm ein Formular aus der Brusttasche, hielt es gegen den Türrahmen und füllte es umständlich aus.

Ein paar Minuten lang war die Entscheidung über María Morenos Schicksal auf Eis gelegt durch die Bürokratie des Sicherheitsdienstes.

Als sie wieder unter sich waren und Cheryl Talfeld in ihrem Lounge Chair saß, sagte sie: »Also. Was tun wir?«

Sie war selbst überrascht, dass sie »wir« gesagt hatte. Als hätte die Unterbrechung ohne ihr Zutun zu der Entscheidung geführt, dass sie nun auf der Seite der beiden Männer stand.

»Sie kümmern sich um den Butler, während wir uns das Bild ausleihen«, schlug Allmen vor, der in Eigentumsfragen nicht zimperlich war.

Cheryl hatte dieses Vorgehen, das das Ende ihrer Zusammenarbeit mit Dalia Gutbauer bedeuten würde, auch schon in Erwägung gezogen. Aber

Carlos hatte einen differenzierteren Vorschlag:

»Wenn wir die Polizei einschalten, riskiert María die Ausweisung. Aber das ist besser als der Tod.«

»Sehr vernünftig, Carlos. Das war von Anfang an meine Meinung.«

»Allerdings«, fügte Carlos hinzu, »ist das Bild dann für Madame Gutbauer ebenfalls verloren. Und zwar auf weniger diskrete Art.« Er senkte bescheiden den Kopf und wartete.

Cheryl Talfeld nickte. Sie konnte sich den Skandal vorstellen, wenn die Öffentlichkeit erfuhr, dass Dalia Gutbauer seit Jahrzehnten ein Bild besaß, von dem sie wusste, dass es ein Liebhaber für sie gestohlen hatte.

Allmen, der Carlos besser kannte, begriff als Erster: »Sie schlagen vor, dass wir Madame Gutbauer darüber informieren, dass wir die Polizei einschalten werden, wenn sie das Bild nicht herausrückt?«

Carlos hob die Schultern. »Was bleibt uns denn anderes übrig?«

Cheryl Talfeld erhob sich mit einem grimmigen Lächeln. »Warten Sie hier.«

12

Cheryl Talfeld ging am offiziellen Schlafzimmer ihrer Chefin vorbei bis zu ihrem tatsächlichen. Durch die Tür hörte sie eine monotone Stimme. Es war die ihrer Nachtpflegerin, die ihr wie jeden Abend vorlas.

Cheryl klopfte, und die Stimme verstummte. Kurz darauf wurde die Tür ein wenig geöffnet, und das Gesicht der Schwester erschien im Spalt. Es entspannte sich ein wenig, als sie Madames Assistentin erkannte, aber ihre Stimme klang immer noch sehr irritiert, als sie fragte: »Wissen Sie, wie spät es ist?«

»Es handelt sich um etwas Unaufschiebbares.«

»Wer ist es, Schwester?«, rief Dalia Gutbauer.

»Frau Talfeld«, rief diese über die Schulter zurück. »Etwas Unaufschiebbares.«

»Unaufschiebbar ist nur der Tod«, rief Dalia zurück.

Und Cheryl, jetzt auch laut genug für ihre Chefin: »Um diesen handelt es sich, Madame!«

»Lassen Sie sie rein, Schwester.«

Die Nachtschwester öffnete die Tür und trat beiseite. Im Zimmer roch es nach Kampfer, Eukalyptusöl und Menthol, Dalia Gutbauer kämpfte mit einer Erkältung. Die alte Frau lag in ihrem

Krankenhausbett. Eine voluminöse Daunendecke verbarg auf den ersten Blick ihren Kopf. Er befand sich außerhalb des Lichtkegels, der auf einen Stuhl neben dem Bett gerichtet war. Auf dessen Sitzpolster aus bordeauxfarbenem Leder lag ein aufgeschlagenes Buch.

Cheryl ging zu ihr. Jetzt sah sie, dass Madame Gutbauer über ihre dichte weiße Wuschelfrisur ein Haarnetz gestülpt hatte. Sie war abgeschminkt und trug keine Brille. Cheryl Talfeld hatte sie schon zwei-, dreimal so gesehen. Aber diesmal kam sie ihr noch fremder vor als die anderen Male.

Ihre Stimme machte sie wieder vertrauter. »Setzen Sie sich«, befahl sie. Und zur Nachtschwester: »Ich klingle dann, Schwester.«

Die Pflegerin verließ das Zimmer und schloss die Tür geräuschlos hinter sich.

Cheryl nahm das Buch vom Stuhl. Es war *Hotel Shanghai* von Vicki Baum. Sie setzte sich und fühlte, wie die Angst vor der Alten ihre Wut auf sie besiegte.

»Um den Tod von wem noch außer mir?«, fragte Dalia ruppig.

»Von Frau Moreno.« Cheryls Antwort klang nicht so selbstsicher wie beabsichtigt.

»Kenne keine Frau Moreno.«

»Die Mitarbeiterin der beiden Herren von eben.«

»Wie gesagt: Ich kenne sie nicht. Wenn ich mir auch noch um alle, die ich *nicht* kenne, Sorgen machen würde, wäre ich nicht so alt geworden.«

Cheryl besann sich auf ihren ursprünglichen Plan: »Es geht nur indirekt um Frau Moreno. In Wirklichkeit geht es um Sie, Madame Gutbauer.«

Damit waren sie bei einem Thema, das Dalia Gutbauer interessierte. Vielleicht dem einzigen. Sie richtete sich auf ihrem Kissen etwas auf und fragte: »Um mich? Inwiefern?«

»Das Bild ist Ihre einzige Möglichkeit, die Polizei aus dem Spiel zu lassen.«

Ihre Chefin lächelte müde. »Die Behörden hier sind diskret. Die wissen seit bald zwanzig Jahren, dass ich hier lebe, und noch nie hat die Öffentlichkeit davon erfahren.«

»Aber wir haben es hier mit Allmen International Inquiries zu tun«, wandte Cheryl ein. »Das ist keine Behörde.«

»Aber eine Firma, die von der Diskretion lebt«, sagte Dalia Gutbauer abschließend. »Ich kann mir nicht vorstellen, dass Allmen damit droht, an die Öffentlichkeit zu gehen. Aber danke, dass Sie mich gewarnt haben.« Sie griff nach der Klingel, die am Haltegriff über ihr hing.

Doch Cheryl gab nicht auf. »Von Herrn von Allmen haben wir nichts zu befürchten. Aber von seinem Mitarbeiter. Sie haben ja miterlebt, wie verzweifelt er ist.«

Die knorrige Hand mit den perfekten rotlackierten Nägeln ließ von der Klingel ab und sank zurück auf die Daunendecke.

»Er liebt die Frau«, doppelte Cheryl nach.

Die alte Frau schloss die Augen, als hätte sie das Gespräch erschöpft. Sie atmete kaum. Ihr Gesicht war bleich und still. Wie eine Totenmaske, fuhr es Cheryl durch den Kopf. Sie dachte daran, der Schwester zu klingeln, aber in diesem Moment seufzte Madame Gutbauer tief. Ohne die Augen zu öffnen, fragte sie: »Glauben Sie an Flüche, Cheryl?«

Als die Assistentin nicht gleich antwortete, fuhr sie fort: »Ich habe bis jetzt nicht daran geglaubt. Aber dieses Bild … Ich glaube, es bringt Unglück.« Sie schlug die Augen so plötzlich auf, dass Cheryl erschrak. »Die Dahlien sind ein Fluch.«

Cheryl Talfeld fröstelte. Aber sie blieb am Ball: »Dann geben Sie es her. Vielleicht bringt es zum ersten Mal jemandem Glück.«

Dalia Gutbauer seufzte. »Ich glaube, dazu ist es zu spät.«

»Das verstehe ich nicht.«

»Sie werden es gleich verstehen.« Ihre Hand griff wieder nach der Klingel. Diesmal drückte sie sie. Sofort trat die Pflegerin ein.

»Helfen Sie mir, Schwester. Ich muss noch einmal aufstehen.«

13

»Sie wird es nicht herausgeben«, hatte Carlos gesagt, als Cheryl Talfeld den Raum verlassen hatte.

»Ya veremos«, hatte Allmen, der Optimist, geantwortet. Von da an hatten sie meistens geschwiegen. Carlos hatte vor sich hin gestarrt und manchmal die Lippen bewegt. Allmen wusste nicht, ob im Selbstgespräch oder im Gespräch mit seinem Maximón.

Allmen war aufgestanden und hatte Cheryls Zimmer inspiziert. Das Zimmer einer Heimatlosen. Gerahmte Fotos, ein altes Paar und das gleiche etwas jünger und noch mal sehr jung. Eine Frau und zwei Männer, die Cheryl glichen, Geschwister oder Cousins. Sie selbst als Tante Cheryl mit Kindern oder Babys. Gruppenfotos mit Arbeitskollegen vor verschiedenen Hotels. Die übrigen persönlichen Gegenstände waren Andenken. Kunsthandwerk von überall her, leicht zu transportierende Nippes.

Hatte sie nicht erzählt, dass sie seit zweiundzwanzig Jahren bei Dalia Gutbauer war? Und dennoch sah es hier aus, als wäre sie ständig bereit, jederzeit ihre Siebensachen zu packen und *ciao*.

Allmen stellte sich ans Fenster, um sich den mitleiderregenden Anblick von Carlos zu ersparen. Das Licht einer ganzen Büroetage erlosch, und für einen Augenblick sah es aus, als schwebe die obere Hälfte des Gebäudes davon. Er selbst wäre auch gerne davongeschwebt.

Nach einer halben Stunde kam Cheryl zurück. Ihr Gesichtsausdruck verhieß nichts Gutes. Carlos war erwartungsvoll aufgesprungen, als er das Geräusch der Türklinke hörte. Als er ihre Miene sah, setzte er sich wieder. *»Hija de puta«*, murmelte er.

»Sie bleibt dabei, nicht wahr?«, fragte Allmen.

Cheryl seufzte. »Nein. Aber kommen Sie.«

Sie folgten ihr durch den stillen Korridor zum offiziellen Schlafzimmer, das Allmen von früheren Besuchen kannte.

Cheryl klopfte und trat ein, ohne auf eine Antwort zu warten. Dalia Gutbauer erwartete sie, halb sitzend, halb stehend an die Kante ihres überdimensionierten Art-déco-Bettes gelehnt.

Allmen nickte ihr zu und richtete den Blick sofort auf die Stelle, wo die Dahlien hängen sollten. Sie war leer.

Carlos, der den Raum noch nie betreten hatte, folgte Allmens Blick, sah die Lücke zwischen den Frauenporträts und verstand. Er sah Allmen an, fragend oder vorwurfsvoll oder beides.

Dieser wandte sich wieder der alten Frau zu. Sie war jetzt ein wenig geschminkt und frisch frisiert und trug einen schwarzen Kimono mit kleinem goldenen Bambusmuster.

»Ich konnte es nicht mehr sehen«, erklärte sie.

»Und dann?«, fragte Allmen entgeistert.

»Und dann?« Sie deutete mit dem Kinn in die Richtung, wo früher das Bild hing. »Sie sehen ja. Weg. Jetzt geht es mir besser.«

Carlos hielt es nicht länger aus. *»¿Dónde se encuentra, señora?«*

Sie überraschte ihn mit einem fast akzentfreien spanischen Anpfiff: *»Nada te va en eso.«* Das geht dich nichts an.

Allmen kannte den Tonfall. So sprach die mittelamerikanische Oberschicht mit ihren Domestiken. Wie lange hatte sie in den dreißig Jahren ihres Untertauchens wohl in dieser Gegend gelebt?

Carlos akzeptierte die Zurechtweisung mit einer Unterwürfigkeit, als sei er diesen Tonfall von klein auf gewohnt.

Allmen ärgerte sich darüber und reagierte etwas schärfer, als es sonst seine Art war. »Nun sagen Sie schon, wo das verdammte Bild ist. Auch wenn es für Sie nichts taugt, für uns taugt es dazu, ein Leben zu retten.«

Dalia Gutbauer antwortete mit einem Hustenanfall. Allmen wusste nicht, ob er ein Vorwand war, um Zeit zu gewinnen, oder ob sie damit einer Antwort ganz ausweichen wollte. Aber der Anfall dauerte länger, als es dafür nötig gewesen wäre. Sie presste eine Hand auf die hagere Brust und verzog vor Schmerzen das Gesicht.

Carlos ließ sich nicht täuschen. Er setzte sich langsam in Bewegung und ging drohend auf die hustende Greisin zu. Allmen griff nicht ein.

Madame Gutbauer streckte abwehrend die Hand aus und stieß zwischen zwei Hustenanfällen hervor: »Zeigen Sie es, Cheryl.«

Die Assistentin ging am Schminktisch vorbei zu einem schwarz-roten Paravent und verschwand dahinter.

Sie kam mit dem Bild zurück, trug es in die Mitte des Raumes und hielt es vor ihre Brust.

Allmen und Carlos stießen einen erschrockenen Schrei aus, der wie aus einer Kehle klang.

In dem Bild klaffte ein großes Loch. Die größte der Dahlien war herausgetrennt. Durch den Vandalenakt hatte die Leinwand ihre Spannung verloren. Die Schnittränder waren gewellt, und die Wellen setzten sich über das Gemälde fort.

Durch das Loch sah man das Muster von Cheryl Talfelds hellgelber Seidenbluse.

Zweiter Teil

1

Die Pflegerin musste vor der Tür gestanden haben, offenbar hatte sie das Husten gehört. Sie kam mit einer Glasflasche herein und verabreichte ihrer Patientin einen Löffel Medizin.

Als ihr Anfall sich gelegt hatte, wedelte Madame Gutbauer die Schwester hinaus.

»Sie sollten ins Bett, Madame«, mahnte sie. »Sie brauchen Ruhe.«

»Gleich, Pflegefachfrau Duttli«, antwortete sie.

Als sich die Tür hinter der Pflegerin geschlossen hatte, deutete Allmen auf das zerstörte Bild. Er sagte nur: »Weshalb?«

Dalia Gutbauer zuckte bloß mit den Schultern.

Cheryl Talfeld hielt das Bild noch immer vor der Brust. Jetzt wurde es ihr zu schwer, und sie lehnte es an die Wand unter seine verwaisten Haken.

Allmen und Carlos warteten auf die Erklärung der alten Frau.

Nach einer Weile sagte sie trotzig: »Ich bin Ihnen keine Rechenschaft schuldig. Das Bild gehört mir. Was ich damit mache, geht allein mich etwas an.«

»Sie hätten damit ein Leben retten können«, sagte Allmen.

»Das wusste ich nicht, als ich es ... veränderte.«

Allmen sah wieder zu dem Bild. *Veränderte*, hatte sie gesagt.

Carlos, der fassungslos und mit geballten Fäusten vor der Verwüstung gestanden hatte, meldete sich jetzt zu Wort. *»Tal vez se puede arreglar.«*

»Reparieren? Dazu bräuchte es einen Restaurator.« Allmen hatte bereits ein wenig von seiner Zuversicht wiedergefunden und erkundigte sich: »Ist denn die ... ähm ... fehlende Dahlie noch vorhanden?«

Dalia sah ihre Assistentin an.

Cheryl Talfeld erklärte: »Madame Gutbauer hat die Blüte der Person zukommen lassen, die nach ihrer Meinung Anspruch darauf hat.« Sie klang so verlegen, als wäre das Ganze ihre Schuld.

»Welcher Person?«, fragte Allmen. Als Cheryl nicht antwortete, richtete er den Blick auf Dalia Gutbauer.

»Einer Bekannten. Jemand aus meinem Leben. Die irgendwie mit diesem Bild zu tun hat. Als Souvenir. Cheryl?«

Die Assistentin übernahm wieder. »Sie wohnt im Haus, Mrs. Cutress. Sie sind ihr bei Ihrem letzten Aufenthalt begegnet. Es wurde ihr bereits zugestellt. Auf dem … ähm … internen Postweg.«

»Ich nehme an, ich kann die Details Ihnen überlassen«, sagte Dalia Gutbauer und klingelte nach ihrer Nachtschwester. Fast im gleichen Augenblick trat sie ein. Sie zog das Gehgestell in Madame Gutbauers Reichweite und begleitete sie zur Tür.

Von dort aus sagte die alte Dame, ohne sich umzuwenden: »Nehmen Sie das Bild meinetwegen mit, falls Sie etwas damit anfangen können.« Und dann, mehr zu sich selbst: »Es gehört mir ja. Ich kann damit machen, was ich will.«

Sobald die Tür zu war, fragte Allmen: »Sie ist geisteskrank, nicht?«

»Exzentrisch«, antwortete Cheryl.

»Haben Sie eine Ahnung, weshalb sie das getan hat?«

Cheryl hob die Hände und ließ sie wieder fallen. »Fragen Sie mich etwas Leichteres. Je länger ich für Dalia Gutbauer arbeite, desto weniger verstehe ich sie. Dabei dachte ich immer, im Alter werde man abgeklärter. Aber bei ihr geschieht das Gegenteil: Sie wird immer kindischer. Warum sie es getan hat? Am Schluss habe ich immer nur eine Antwort: Weil sie es kann.«

Allmen sah auf seine Uhr. Es war kurz nach zehn. »Schläft Mrs. Cutress um diese Zeit schon?«

»So genau kenne ich die Lebensgewohnheiten unserer Gäste nicht. Auf alle Fälle frühstückt sie sehr spät. Das lässt doch darauf schließen, dass sie eher ein Nachtmensch ist, nicht wahr?«

»Kommen Sie, Carlos.«

Carlos nahm das Bild und folgte ihm.

2

Auf dem Weg zu Teresa Cutress kamen sie an Allmens Suite vorbei. Allmen bestellte dort beim Room Service zwei Caipirinhas. Trocken, wenig Zucker, kein Lime-Sirup, viel Limetten und Crushed Ice, wie ihn Teresa Cutress mochte.

Als es klopfte, schoben sie die Dahlien unter das Bett und öffneten. Carlos nahm dem Zimmerkellner das Tablett mit den Drinks ab und gab ihm ein Trinkgeld. Sobald er weg war, nahm Allmen das Tablett und ging. Carlos blieb in der Suite zurück.

Kaum hatte Allmen geklopft, rief Teresa Cutress' kindliche Stimme: *»Come in!«* Als hätte sie ihn erwartet.

Sie saß wie bei seinem letzten Besuch in dem mittleren der drei Polstersessel. Wieder brannten die drei Tischlampen, aber diesmal war der Zigarettenrauch so dicht, dass sich ihre Lichtkegel abzeichneten. Es roch nach ihrem schweren Parfum.

»Stellen Sie es einfach hier hin, und nehmen Sie das da mit.« Sie deutete mit einer schmuckbesetzten alten Hand auf ein leeres Glas.

Allmen kam es vor, als hätte sie eine schwere Zunge und fahrige Bewegungen. Er trat näher, räumte das schmutzige Geschirr auf das Tablett und die frischen Drinks auf den Tisch.

»Zwei?«, wunderte sich Teresa. Erst jetzt merkte sie, dass Allmen nicht der Etagenkellner war. Sie kniff die Augen zusammen und musterte ihn. »Ach, das sind ja Sie! Wie war gleich Ihr Name? Allmen? Was für eine Überraschung! Sind wir verabredet? Wie spät ist es?«

»Zehn vorbei, verzeihen Sie.«

»*Never mind*. Ich bin ein Nachtvogel. Setzen Sie sich, und feiern Sie mit.«

Allmen gehorchte. Sie stießen an, und er gab ihr Feuer für eine neue Zigarette. »Was feiern wir?«

»Abschied.«

»Von wem?«

»Von hier. Von meinem Leben als Dalia Gutbauers Mumie.«

»Sie verlassen das Hotel?«

»*Exactly*. Wundert Sie das? In Hotels bleibt man

nicht bis zu seinem Lebensende. Bin schon viel zu lange hier. *Cin cin*!« Sie hob das Glas und trank. »Auf Paraguay. Kennen Sie Paraguay?«

»Ich war einmal dort, von Argentinien aus, als ich die Wasserfälle von Iguazu besuchte. – Sie gehen nach Paraguay?«

»Asunción. Dort habe ich schon mal gelebt. Was wollen Sie?«

Die Frage kam so unvermittelt, dass Allmen einen Moment nach seinem vorbereiteten Spruch suchen musste. »Die Sache ist ein wenig heikel.«

»Mein ganzes Leben war heikel«, kicherte sie.

»Es geht schon wieder um die Dahlien.«

»Das habe ich mir beinahe gedacht. Dahlien sind schließlich Ihr Spezialgebiet.«

Er lächelte und versuchte, sich ihrem Ton anzupassen. »In diesem Fall geht es eher um eine Dahlie. Um die, die Ihnen Madame Gutbauer versehentlich geschickt hat.«

»Die welke? Sie glauben doch nicht, dass sie mir die versehentlich geschickt hat. Das war vorsätzlich. Diese alte böse Hexe!« Sie griff nach ihrem Glas und nahm einen großen Schluck. »Versehentlich!«

Auch Allmen nahm das Glas, nippte erst daran und trank dann einen richtigen Schluck. Der Drink war gut und erinnerte ihn an sein Leben bis vor ein paar Tagen, bevor die rauhe Wirklichkeit sich darin breitgemacht hatte.

Er stellte das Glas ab und wandte sich wieder der sonderbaren Teresa Cutress zu: »Wie dem auch sei. Es war ein unbedachter Vandalenakt. Und ich habe den Auftrag, das Fragment wiederzubeschaffen. Für Sie ist es wertlos, aber für die Rettung des Werkes ist es von unschätzbarem Wert. Darf ich mit Ihrer Hilfe rechnen?«

Teresa amüsierte sich. »Aha, jetzt bereut sie es. Aber anstatt sich selbst herzubemühen und sich zu entschuldigen, schickt sie ihren Mann für Sicherheitsfragen. Sagen Sie ihr, ich denke nicht daran, es ihr zurückzugeben.« Sie leerte das Glas und griff nach den Zigaretten. »Selbst wenn ich es noch hätte.«

»Sie haben es nicht mehr?«, fragte Allmen erschrocken. »Was haben Sie damit gemacht?«

»Sie haben ja selbst gesagt, für mich sei es wertlos.« Sie beugte sich etwas vor und ließ sich von ihm Feuer geben. »Was tut man mit wertlosen Sachen?«

»Sie haben es weggeworfen?«

»Natürlich.«

»Wohin?«

»In den Müll, natürlich.«

»Wann?«

»Heute.«

Allmen stand auf. »Wohin genau?«

Sie zögerte kurz und zeigte dann auf den Papierkorb. Allmen ging hin. Er war leer.

»Das Housekeeping war inzwischen da. Alles andere als selbstverständlich in diesem verwahrlosten Kasten.«

3

María fror. Sie hatte die dünne Wolldecke bis unter das Kinn gezogen und zitterte. Vor schätzungsweise einer halben Stunde – genau wusste sie es nicht, Due hatte ihr die Uhr weggenommen – hatte sie noch geschwitzt. Sie war sicher, dass sie hohes Fieber hatte.

Am frühen Abend waren die Entführer wiedergekommen. Der, den der andere »Due« nannte, und der, dem sie den Namen »Julio« gegeben hatte, weil er dem jungen Julio Iglesias ähnlich sah. Julio hatte mit Carlos telefoniert, und Due hatte ihr den Arm auf den Rücken gedreht, damit sie aufschreien und Carlos erschrecken musste. Hoffentlich hatte er begriffen, weshalb sie »Yalmha!« geschrien hatte.

Aus dem Gespräch hatte sie erfahren, dass am nächsten Tag um zehn Uhr vormittags die Übergabe geplant war. Aber sie hatte keine großen Hoffnungen, dass die Alte das Bild herausrücken würde. María hatte in ihrem Beruf schon einige reiche Leute kennengelernt und machte sich keine Illusionen über deren Großzügigkeit und Herzensgüte.

Due hatte eine Zigarette geraucht und den Stummel in der kalten Pizza ausgedrückt, die sie noch immer nicht angerührt hatte.

Julio hatte María die ganze Zeit ignoriert und den Raum wie beim letzten Mal vor seinem Helfer verlassen. Dieser hatte sie wieder schweigend angestarrt. Dann war er zum Eimer gegangen, der ihr als Toilette diente, hatte interessiert hineingesehen, dann wieder zu ihr geschaut und gegrinst. Danach hatte er seine klobige Hand auf ihre heiße Stirne gelegt und *febbre alta* und etwas von *medicina* gemurmelt.

Zum Schluss hatte er sein Messer aufschnappen lassen, die beiden obersten Knöpfe ihrer Bluse abgeschnitten und sie auf den Boden geworfen.

Erst dann war er gegangen. Mit Kusshand.

Es war längst dunkel geworden. Durch das Kellerfenster sah sie das Aufleuchten und Verlöschen der Scheinwerfer selten vorbeifahrender Autos. Manchmal fiel sie in einen fiebrigen Schlaf von ein paar Sekunden oder Stunden, sie hatte jegliches Zeitgefühl verloren.

Jedes Mal, wenn sie erwachte, trank sie aus der

Wasserflasche. Die Männer hatten ihr eine neue gebracht, immerhin.

Der Schmerz an den Handgelenken, der von den Fesseln herrührte, hatte nachgelassen. Oder vielleicht wurde er auch nur überdeckt von den Glieder-, Hals- und Kopfschmerzen, unter denen sie seit ein paar Stunden litt. Ihre Nase lief, sie putzte sie mit Toilettenpapier, das sie sparsam von der halben Rolle riss, die man ihr gewährt hatte. Ihre anfängliche Wut, die sie noch Fluchtpläne hatte schmieden lassen, war einer großen Hoffnungslosigkeit gewichen. Und einer Angst, wie sie sie seit ihrer Kindheit nicht mehr gekannt hatte, der Angst während der Razzien in ihrem Barrio in Bogotá.

Eine weitere Erinnerung aus ihrer Kindheit quälte sie: die an die Lungenentzündung, die sie als Zehnjährige fast das Leben gekostet hatte. So wie jetzt hatte sie sich damals auch gefühlt.

Das nächste Mal erwachte sie mit dem Gedanken an den kommenden Tag. Falls die Übergabe stattfand, würden sie sie mitnehmen. Und falls sie sie mitnahmen, bestimmt wieder im Kofferraum.

Der Gedanke daran löste einen Weinkrampf aus. Eine weitere Fahrt im Kofferraum würde sie in diesem Zustand nicht überleben.

Als sie wieder erwachte, drang endlich die Dämmerung durch den Schacht. In ihrem trüben Licht sah sie die Pizzaschachtel neben der Matratze. Sie mobilisierte ihre letzten Kräfte, stützte sich auf den Ellbogen und öffnete den Deckel. Die Pizza glänzte speckig, und mittendrin steckte Dues Zigarettenstummel.

Sie riss ein Stück ab und zwang sich, es zu essen, damit sie wieder ein wenig zu Kräften kam.

Nach ein paar Bissen übergab sie sich.

4

In einem anderen Keller in einem ganz anderen Teil der Stadt knieten Allmen und Carlos im Fünfsternemüll und schwitzten. Der Raum lag neben der Heizungsanlage, und die Hitze der Warmwasserbrenner wärmte den Raum auch nachts.

Sie mussten die herausgeschnittene Dahlie finden. Sie würden sie von hinten notdürftig ankleben und das Bild so austauschen. Es wäre dann zwar immer noch beschädigt und müsste repariert werden. Aber ohne die Dahlie mit dem klaffenden Loch war es mehr als beschädigt. Es war zerstört.

Der Nachtportier hatte sie in den Raum geführt und auf die Müllcontainer gedeutet, die dort in einer Reihe an der Wand standen. Er hatte erklärt: »Die Papierkörbe werden mit einem durchsichtigen Plastiksack ausgeschlagen. Das Reinigungspersonal nimmt die Säcke mit Abfall heraus, entfernt Gegenstände, die nicht hineingehören, wie Flaschen, Dosen und so weiter, lässt den Rest drin, macht einen Knoten in den Sack und schmeißt ihn in den Müllbehälter des Putzwagens. Falls also das, was Sie suchen, in einen Papierkorb gewandert ist, muss es in einem kleinen durchsichtigen Plastiksack sein. Das erleichtert die Suche immerhin ein wenig, nicht?«

Carlos öffnete den Deckel des ersten Containers, stellte sich auf die Zehenspitzen, sah hinein und fischte einen großen Müllsack heraus mit einer offiziellen Beschriftung.

»Und diese kleineren Müllsäcke befinden sich in diesen größeren, undurchsichtigen?«, erkundigte sich Allmen angewidert.

»Leider. Ich fürchte, Sie müssen jeden öffnen und durchsuchen. Aber vielleicht haben Sie ja Glück, und es ist einer der ersten.«

Bis jetzt war das Glück ausgeblieben. Sie hatten vierzig Säcke durchsucht, noch schätzungsweise neunzehn lagen vor ihnen. Es waren an diesem Tag zwanzig Zimmer belegt gewesen, und in jedem befanden sich drei Papierkörbe, den im Bad jeweils eingeschlossen.

Carlos machte die schmutzigste Arbeit. Allmen

fasste die Säcke mit spitzen Fingern an und mühte sich so lange mit dem Knoten ab, bis ihm Carlos zu Hilfe kam. Wenn dieser dann fand, der Sack sei seinem Herrn zuzumuten, reichte er ihn zurück.

Er selbst nahm sich die mit den Sandwichresten, angebissenen Äpfeln, schmutzigen Kleenex, Ohrenstäbchen und löchrigen Socken vor.

Allmen dagegen befasste sich mit den Zeitungen, benutzten Bordkarten, Einkaufstüten und leeren Pralinenschachteln. Und wenn er trotzdem mal auf ein Haarbüschel oder eine Bananenschale stieß, entschuldigte sich Carlos und nahm sich resolut der Sache an.

Das Stück Leinwand, nach dem sie fahndeten, war nur etwa zehn auf sieben Zentimeter groß. Es konnte sich im Inhalt eines Müllsacks leicht verkriechen, und sie waren gezwungen, jedes Stück einzeln in die Hand zu nehmen.

»What am I doing here?«, fragte sich Allmen. So hieß ein Buch des von ihm so verehrten Bruce Chatwin. Wie viel lieber wäre er jetzt mit dieser Sammlung wunderbarer Texte auf den Knien in seiner gläsernen Bibliothek gesessen, bei etwas Musik, Kaminfeuer und Burgunder. Stattdessen wühlte er hier im Müll fremder Leute. Er, der sich sein Lebtag nicht einmal um seinen eigenen gekümmert hatte.

Das Einzige, was die erniedrigende Tätigkeit ein kleines bisschen erträglich machte, war die Faszination, die jede Art von Geheimnissen auf ihn ausübte. Zum Beispiel die Fetzen eines Briefes, der in schwungvoller Frauenschrift mit türkisfarbener Tinte auf das zartgraue Hotelpapier geschrieben war. Die Anrede lautete »Lieber (lieber?) Carl«.

Allmen klaubte die anderen Fragmente aus dem Müllsack und setzte sie auf dem Zementboden zusammen:

»Wenn ich gewusst hätte, dass Du so wenig Zeit haben würdest, mich zu treffen, ich hätte die lange Reise trotzdem auf mich genommen. Aber wenn ich geahnt hätte, dass Du auch so wenig (unterstrichen) Lust haben würdest, dieses bisschen Zeit mit mir zu verbringen, dann hätte ich mir die Reise erspart.«

»Die Reise erspart« war gestrichen und ersetzt durch »den Teufel getan, eigens in diese Scheißstadt zu reisen«, was wiederum durchgestrichen war, diesmal ersatzlos.

Danach hatte die Verfasserin den Brief zerrissen und die Fetzen in den Papierkorb geworfen. Allmen fragte sich, ob sie eine neue Fassung geschrieben hatte und was wohl in dieser stand. Wer war die Frau, die das geschrieben hatte? Sehr jung konnte sie nicht mehr sein, denn im Abfall befand sich auch das zerknüllte Geschenkpapier einer hiesigen

Parfümerie und die Verpackung von Chanel No 5. Nicht gerade ein Jungmädchenduft. Aber vielleicht war auch dies ein Fauxpas des ominösen Carl, des Mannes ohne Zeit und Lust.

Während Allmen seinen Träumereien nachhing, hatte Carlos drei Säcke untersucht und stieß nun ein unterdrücktes *»Nada, nada, nada«* aus. Allmen wurde aus seinen Gedanken gerissen, füllte den Müll mitsamt dem Brieffragment in seinen Sack zurück, tat ihn zu den anderen, bereits durchstöberten und ließ sich einen neuen aushändigen.

Je größer der Berg der durchsuchten Säcke wurde, desto resignierter wurde Carlos' Gesichtsausdruck. Für ihn sank die Wahrscheinlichkeit, dass sich das Gesuchte überhaupt in einem dieser Säcke befand, mit der Zahl derer, die sie beiseitelegten. Er war es gewohnt, dass stets das Schlimmste eintraf, und es brauchte nur ganz wenig, um ihn darin zu bestätigen.

Ganz anders Allmen: Er hätte nicht so leben können, wie er lebte, wenn er nicht fest davon überzeugt wäre, dass sich am Schluss immer alles zum Guten wendet. Und seine Zuversicht wuchs, je mehr sie sich diesem Schluss näherten. Die Wahrscheinlichkeit, dass es sich im nächsten Sack befand, wurde höher mit jedem, in dem es sich nicht befunden hatte.

Doch kurz vor Mitternacht stellte sich Carlos' Sichtweise als die realistischere heraus: In keinem der Säcke hatten sie die welke Dahlie gefunden.

»*¿Y entonces qué?*«, fragte Carlos, was nun?

»Morgen früh fragen wir die Leute vom Housekeeping. Vielleicht hat jemand die Dahlie entdeckt und sie behalten.«

»Und wenn nicht?«

Allmen hatte auch dafür eine Lösung parat: »Dann geben wir ihnen das beschädigte Bild. Und etwas Cash für die Reparatur.«

Carlos schüttelte den Kopf. »Die werden das nicht akzeptieren«, prophezeite er düster. »Das sind Entführer. Sie kennen Entführer nicht, Don John.«

5

Im Korridor roch es nach Kaffee und Gebäck, als Allmen aus dem Zimmer trat. Es war noch vor sieben, die Dämmerungsschalter hatten die Straßenlaternen an der Promenade noch nicht ausgehen lassen.

Vor sieben befand sich der Johann Friedrich von Allmen, der er war und sein wollte, höchstens *noch* auf den Beinen. Nicht *schon*. Bei allem Verständnis für Carlos und den Ernst der Lage.

Er war denn auch entsprechend schlecht gelaunt, als er zu dem Nebenzimmer ging, in dem Carlos geschlafen hatte. Die Tür stand offen, und er hörte ihn mit einer Frau sprechen. Er betrat den Raum und erkannte das Zimmermädchen aus Ecuador, mit dem María während ihres verdeckten Einsatzes letzte Woche Dienst gehabt hatte.

»Erinnern Sie sich an Señorita Pita Costa, Don John?«, sagte Carlos bei der Vorstellung. »Sie hat gestern das Zimmer von Señora Cutress nicht gemacht, aber sie weiß, wer.«

»Adnan«, ergänzte Pita in ihrer geschwätzigen Art, die Allmen noch von der letzten Begegnung her in Erinnerung hatte. »Sie wohnt außerhalb der Stadt in ...« – sie überlegte pantomimisch – »... egal, es fällt mir wieder ein, jedenfalls kommt sie eine halbe Stunde später als wir anderen, dafür bleibt sie länger. Sie wird bald hier sein, dann schicke ich sie zu Ihnen hinauf.«

Auf dem Tisch in Carlos' Zimmer stand ein Tablett mit zwei Tassen, einer Kanne Kaffee und einem Körbchen Croissants. Carlos' Pflichtbewusstsein, selbst in Situationen wie dieser.

Auf der Bettkante von Carlos' Doppelbett nahmen sie wortkarg ihr Frühstück ein. Das Bett sah unberührt aus.

Allmen raffte sich zu einer mitfühlenden Bemerkung auf: »Konnten Sie überhaupt nicht schlafen, Carlos?«

»Ich habe es nicht versucht, Don John.«

»Verstehe.« Das entsprach nicht der Wahrheit. Er verstand es nicht. Für Allmen war der Schlaf der ideale Zufluchtsort vor der Wirklichkeit. Je schlimmer sie war, desto tiefer war sein Schlaf. Was ihn manchmal wachhielt, waren nicht die Sorgen. Es war die Sorglosigkeit, denn sie hinderte ihn ab und zu daran, überhaupt schlafen zu gehen.

Carlos sah müde aus. Sein schwarzes Haar war noch sorgfältiger gescheitelt und pomadisiert, sein Schnurrbärtchen noch exakter getrimmt und seine Haut noch glatter rasiert als sonst. Aber seine Augen hatten keinen Glanz, und die Ringe darunter sahen aus wie mit einem Graphitstift schattiert.

»Bestimmt weiß diese Adnan etwas«, sagte Allmen, um Carlos aufzumuntern.

»Si Dios quiere«, antwortete Carlos düster.

Es klopfte, und eine kleine dunkelhaarige Frau trat ein. Sie trug die Uniform der Zimmermädchen des Schlosshotels: schwarzer Rock, schwarze Bluse mit weißem Kragen und weißen Ärmelumschlägen, weiße Schürze. »Sie suchen mich?«, fragte sie.

Allmen stand auf, und Carlos tat es ihm nach. »Ja, danke, dass Sie gekommen sind. Wir haben nur eine kleine Frage.«

»Bitte.«

»Señorita Pita hat gesagt, Sie hätten gestern das Zimmer von Mrs. Cutress gemacht.«

»Ja. Warum?«

»Jemand hat etwas verloren. Ein Stück von einem Bild. Eine Blume.« Allmen sah Carlos an, und der holte das Bild aus dem Kleiderschrank.

Adnan sah es aufmerksam an und schwieg.

»Sie sehen, dort, wo das Loch ist, fehlt eine Blüte, eine weiße. Frau Cutress hat sie in den Papierkorb geworfen. Ist sie Ihnen aufgefallen? Zufällig?«

Das Zimmermädchen sah ihn ungläubig an. »Ich schaue nicht in den Müll. Ich schmeiße ihn weg.«

»Natürlich«, beeilte sich Allmen zu sagen, »es ist nur ... Wir haben den ganzen Abfall durchsucht. Die Blüte ist nirgends.«

»Weiß nicht«, antwortete sie achselzuckend. »Vielleicht jetzt.«

»Wie ›jetzt‹?«

»Der Müll von Mrs. Cutress blieb im Putzwagen. Es war spät.«

Carlos und Allmen wechselten einen Blick.

»Wo ist der Putzwagen?«, fragte Carlos.

»Im Putzraum unten.«

Carlos ging voraus. Er wusste von seinem Einsatz als getarnter Bodyguard, wo der Putzraum lag. Allmen und Adnan folgten ihm. Sie nahmen die

Treppe und eilten zwei Etagen tiefer an den Zimmertüren vorbei bis zu einer Tür mit der Aufschrift »Privat«.

Dort, in der Mitte eines Raumes voller Einbauschränke und Regale, stand der Putzwagen neben einem Staubsauger.

Der Müllsack war in einen Metallrahmen am Putzwagen gespannt. Sie sahen von weitem, dass er schlaff herunterhing. Er war neu und leer.

Adnan stand schulterzuckend in der Tür und sagte: »Schon weg.«

Allmen und Carlos ließen sie stehen und rannten das Treppenhaus hinunter ins Untergeschoss und zu dem Raum, in dem sie in der Nacht die Müllsäcke durchstöbert hatten.

Die Container waren weg.

Sie eilten durch die Tiefgarage über eine Rampe ins Freie. Dort warteten die Container in Reih und Glied. Zwei Männer in grünen Schürzen standen daneben und rauchten. Von Carlos, den sie noch von seinem kurzen Gastspiel als Kollegen kannten, ließen sie sich nicht stören. Aber als sie in dem Mann hinter ihm einen Gast erkannten, traten sie die Zigaretten aus und begannen, den ersten Container die Rampe hinunterzurollen.

Carlos blieb entmutigt stehen. Allmen war bereits beim ersten Anblick der Männer ins Schritttempo zurückgefallen. Männer in Anzügen, die rannten, sahen immer etwas unpassend aus. Aber er machte noch die paar Schritte bis zu den Arbeitern am Container. »Alle geleert?«, fragte er und versuchte, sein Keuchen zu unterdrücken.

»Ja«, antwortete der Ältere.

»Schon lange?«

»Gerade eben.«

Der Jüngere wies auf die Straße, die am Hotel vorbeiführte. Hundert Meter entfernt, in einer vor einer Ampel wartenden Kolonne, stand der Müllwagen.

Das Licht wechselte auf Grün, der Wagen stieß eine Abgaswolke aus und fuhr davon.

6

Der Fahrer der Hotellimousine des Schlosshotels war wenig ausgelastet und stand kurz vor der Pensionierung. Er kannte den direktesten Weg zur Kehrichtverbrennungsanlage. Aber gegen den Berufsverkehr war auch er machtlos. Der alte, gepflegte Mercedes 600 Pullman stand nicht anders als die bescheideneren, von genervten Berufstätigen gesteuerten Autos hilflos im Stau. Oder er bewegte sich im Schritttempo, wie alle anderen.

Der Chauffeur tröstete seine Fahrgäste damit, dass der Kehrichtwagen ja auch nicht rascher vorankomme. Aber das war ein schwacher Trost für Allmen und Carlos. Die Zeit drängte, in drei Stunden hatten sie einen Termin.

»Kein Termin ist lebenswichtig«, philosophierte der alte Fahrer. Allmen sah Carlos an, dass er ihm am liebsten eine gescheuert hätte.

Die Theorie, dass der Verfolgte im Stau nicht schneller sei als der Verfolger, wurde denn auch durch einen harmlosen, von einem ungeduldigen Lieferwagenfahrer verursachten Auffahrunfall widerlegt. Drei Fahrzeuge mit kleinen Blechschäden brachten den stockenden Verkehr vollends zum Stillstand.

Es war nach halb neun, als sie endlich vor der Pforte der städtischen Kehrichtverbrennungsanlage hielten. Wenn der Wagen auf dem Weg zur Anlage war, musste er inzwischen längst eingetroffen sein.

Der Pförtner suchte gleichmütig seinen Bildschirm nach dem betreffenden Wagen ab, als hätte er es jeden Tag mit livrierten Chauffeuren in Staatskarossen zu tun. Ja, der Wagen war eingetroffen. Er müsste noch vorne im A-Bereich sein.

»Wo genau befindet sich der A-Bereich?«, fragte Allmen.

»Dort«, er machte eine vage Handbewegung in

eine Richtung, »es ist angeschrieben, Kehricht. Gemischte Siedlungsabfälle. – Sie müssen hier weg.«

Hinter ihnen hatte ein dröhnender Müllwagen ungeduldig zu hupen begonnen. Allmen stieg ein, und der Chauffeur fuhr sie umsichtig an den wartenden Fahrzeugen vorbei zu dem Platz mit der Bezeichnung »Bunker A, Kehricht«.

Ein Arbeiter in orangem Overall und Bauhelm winkte sie respektvoll durch. Wahrscheinlich dachte er, er habe es mit einem Staatsbesuch zu tun.

Der Hotelchauffeur parkte und öffnete Allmen und Carlos den Schlag.

Sie befanden sich in einer riesigen Halle. Der Lärm war ohrenbetäubend. Ein Müllwagen fuhr auf eine Waage, ein anderer kippte seine Ladung in eine Betongrube. Die Luft war staubig und stank nach Abfall.

Carlos sprach bereits mit einem der Arbeiter. Allmen ging zu ihnen.

»Der Wagen ist schon wieder fort, Don John«, informierte er ihn.

Sie blickten zu der Betongrube hinüber. Sie war halb gefüllt mit Müllsäcken. Ein Greiferkran krallte sich gerade ein Dutzend davon, hisste sie hoch, schwenkte über einen großen Trichter und ließ die Ladung hineinfallen.

Der Arbeiter war ihren Blicken gefolgt. »Ofen«, erklärte er.

Ein Stück weiter lagen Müllsäcke am Boden. Ein paar Männer stocherten in ihnen herum.

»Und dort?«, fragte Carlos.

»Stichproben«, antwortete der Arbeiter. »Manchmal werden die Container auf den Platz gekippt, damit die Qualitätsleute den Abfall kontrollieren können.«

Allmen stellte die Frage nur, um sie gestellt zu haben: »Das ist nicht zufällig der Containerinhalt des Wagens von der Seeufertour?«

Der Mann sah auf das Klemmbrett, das er in den Händen hielt. »Doch. Zufällig.«

Die Kontrolleure hatten sich vom Abfall entfernt. Der Greifer des Krans holte sich eine Kralle voll kontrollierter Säcke und hob sie zum Trichter hinauf.

»*¡No!*«, schrie Carlos und rannte los. Allmen blieb stehen. Denn schon hatten die eisernen Greifer ihre Beute in den Ofen plumpsen lassen. Zu Allmens Erleichterung.

7

»Porca puttana!,« rief Due und hielt sich die Nase zu.

María hatte die Matratze, so weit es ging, von ihrem Erbrochenen weggezogen und die Wartezeit bis zum Eintreffen ihres Peinigers abwechselnd schwitzend und frierend verbracht.

Derzeit befand sie sich in einer Schwitzphase. Die Decke lag zusammengeknüllt am Fußende, und María saß mit angezogenen Knien auf der Matratze. Als sie sah, dass Due allein war, zog sie den Rock straff.

Er kam näher, zog eine kleine Schachtel aus der Tasche und grinste. *»Medicina.«*

Er öffnete das Schächtelchen, entnahm ihm eine Folie und begann, eine Pille herauszuschälen.

María brauchte einen Moment, bis ihr klar wurde, dass es sich nicht um eine Tablette handelte. Es war ein Zäpfchen.

Der Mann hatte es jetzt aus seiner Hülle entfernt und hielt es zwischen Daumen und Zeigefinger. Lächelnd näherte er sich. *»Medicina.«*

María stand auf. Due legte die kleine Schachtel auf den Boden und das Zäpfchen darauf. Er zog einen kurzen Strick aus der Hosentasche und ging auf sie zu.

Sie wich zurück bis zur Wand und spürte, dass sie zu schwach war, um sich zu wehren. Sie begann zu weinen. Due näherte sich ihr unaufhaltsam.

In diesem Moment kam Julio zur Tür herein, rümpfte die Nase und fragte: *»Cosa fai?«*

»Pronta per il viaggio«, antwortete Due, packte María, drehte sie gegen die Wand und fesselte ihr die Hände auf den Rücken.

Julio sah die Schachtel mit dem Zäpfchen und kickte es in eine Ecke.

Diesmal verzichteten sie auf den schwarzen Sack. Due führte sie durch verwinkelte Kellergänge, die in eine große, niedrige Halle mündeten. Etwas Baumaterial und Werkzeug standen herum und der weiße BMW. Sie befanden sich im Rohbau einer Tiefgarage.

Julio öffnete den Kofferraum.

»Nein«, bettelte María, »nicht wieder hier rein. Bitte.«

Due hob sie hoch und verstaute sie grob im Kofferraum. Der Motor sprang an, und sie spürte, wie sie die Rampe hinauffuhren. Sie suchte wieder Zuflucht in dem Psalm, der helfen sollte, wenn alles verloren schien: *»Jehova es mi pastor; nada me faltará.«*

8

Herr Arnold hatte diesmal seinen Mercedes als Taxi genommen, denn der Cadillac besaß kein GPS. Und Herr von Allmen hatte eigens um eines gebeten. »Für einen diskreten Auftrag«, so hatte er sich ausgedrückt.

Herr von Allmen war mit Abstand sein exzentrischster Kunde. Er ließ ihn zu den ungewöhnlichsten Stunden kommen und bezahlte Preise für Wartezeiten, für die er sich beliebig viele andere Taxifahrten hätte leisten können. Die Großzügigkeit seiner Zahlungen machte deren Unregelmäßigkeit meistens mehr als wett. Arnold fuhr gerne für ihn. Er fühlte sich bei ihm wie ein Herrschaftschauffeur und wurde von ihm auch als solcher behandelt. Und Allmen liebte den Cadillac Fleetwood fast so sehr wie er selbst.

Aber eine Fahrt, wie er sie an diesem Tag mit ihm und seinem Diener machte, war selbst für Herrn Arnold etwas ungewöhnlich.

Das einzige Gepäckstück war ein in braunes Packpapier gewickelter Gegenstand, der sich später als Bild entpuppte. Das Fahrziel war keine Straße, keine Ortsbezeichnung und keine Hausnummer, es waren Koordinaten. Längen und Breiten in Graden, Minuten und Sekunden. Er tippte die Daten ins GPS, und das Gerät zeigte ihm eine Stelle in der Landwirtschaftszone westlich des Flughafens.

Die Stimme des Positionssystems leitete sie durch Dörfer und Weiler, an frischgepflügten Äckern und stattlichen Höfen vorbei zu einem Wald.

Auf einer schmalen Teerstraße fuhren sie ein paar hundert Meter am Waldrand entlang und unvermittelt in den Tannenschatten. Kurz nach einem Holzeinschlag, in dem nicht gearbeitet wurde, befahl ihnen die Frauenstimme des GPS, rechts abzubiegen. Das Teersträßchen ging in einen Forstweg über. Nach zweihundert Metern sagte die Stimme: »Ziel erreicht.«

Herr Arnold hielt und drehte sich fragend zu seinen Fahrgästen um. Herr von Allmen blickte auf die Uhr. Es war zehn vor zehn.

»Danke, Herr Arnold. Wir sind ein bisschen zu früh. Wir warten hier.«

Arnold stellte den Motor ab und wartete schweigend. Seine Fahrgäste begannen, sich auf Spanisch zu unterhalten. Er selbst sprach recht gut Englisch, ein bisschen eingerostetes Schulfranzösisch und ein paar Brocken Baustellenitalienisch von seinem früheren Beruf als Polier, den er wegen eines Arbeitsunfalls hatte aufgeben müssen. Er war von einem Gerüst gefallen und litt seither unter Panikattacken auf Gerüsten und Leitern.

»Wir sehen uns mal etwas um«, sagte Herr von Allmen und machte Anstalten, die Tür zu öffnen.

Arnold stieg sofort aus und öffnete ihm die Wagentür. Er tat das nicht nur bei von Allmen, er tat es bei allen Fahrgästen, obwohl er wusste, dass Herr von Allmen einer der Letzten war, die dies noch zu schätzen wussten.

Der Herr und sein Diener entfernten sich vom Wagen. Arnold fiel auf, dass Allmens Garderobe der ländlichen Umgebung des Treffpunkts angepasst war: Kordhose und Tweedjackett mit Lederknöpfen. Ein Landedelmann in seinem Forst. Passend zur Umgebung des Treffpunkts.

Sein Diener trug einen dunklen Anzug wie ein Oberkellner.

Die beiden Männer unterhielten sich mit ernsten Mienen. Plötzlich griff Herr von Allmen in die Brusttasche, zog sein Handy heraus, sah kurz auf dessen Display und hielt es sich ans Ohr. Er griff wieder in die Innenseite des Jacketts, förderte ein Notizbuch zutage, wusste nicht, wohin damit, hielt es schließlich mit den Zähnen fest, griff wieder hinein und holte einen Stift hervor. Er versuchte vergeblich, das Handy mit der Schulter ans Ohr zu pressen, bis Carlos diese Aufgabe übernahm. Jetzt erst begann Herr von Allmen zu notieren.

Im Stillen musste Arnold ein wenig lächeln über

das Paar: Der elegante Herr in mittleren Jahren schrieb mit zur Seite geneigtem Kopf, der kleine korrekte Begleiter hielt ihm mit ausgestrecktem Arm das Mobiltelefon ans Ohr.

Allmen steckte das Handy weg, und beide eilten auf den Wagen zu. Arnold öffnete die Tür, und Allmen rief schon von weitem: »Neues Ziel!«

Sie stiegen ein, und Arnold tippte die neuen Koordinaten in sein GPS.

Er musste wenden. Die Stimme dirigierte ihn ein kurzes Stück zurück und befahl ihm, links abzubiegen. Der Weg wurde wieder breiter und führte bergauf durch einen dichten Mischwald, vorbei an Holzstößen und Langholzdepots bis zu einer Kreuzung in einer kleinen Lichtung. Dort sagte die Stimme: »Ziel erreicht.«

Arnold hielt an, stellte den Motor ab und wartete auf Anweisungen. Aber Allmen schwieg nur und wartete.

Er hatte sein Telefon aus der Brusttasche geholt und hielt es in der Hand. Plötzlich führte er es ans Ohr, noch ehe es richtig geklingelt hatte. *»Pronto?«*

Er erhielt Instruktionen, die er weitergab: »Hier rechts. Hundertfünfzig Meter bis zu einem Wendeplatz. Dort anhalten.«

Sie erreichten den Platz. Er war noch vom letzten Regen aufgeweicht und wies die tiefen Spuren eines

Forstfahrzeugs auf. Arnold versuchte, die Spuren zu umfahren, aber der Platz reichte nicht aus. Daher hielt er und sagte: »So.« Hier wenden zu wollen konnte er vergessen. Er würde die hundertfünfzig Meter bis zur Abzweigung rückwärts fahren müssen.

Arnold stieg aus, um die Tür zu öffnen, und versank mit einem Schuh tief im Morast. Er ging um den Wagen herum. Auf Allmens Seite war es etwas trockener. Er stieg aus, noch immer mit dem Handy am Ohr. Carlos rutschte hinüber und folgte ihm. Er deutete auf den Kofferraum und sagte: »Das Gepäck.«

Arnold öffnete den Kofferraumdeckel und wollte das Paket herausheben. Aber Carlos sagte: *»Con permiso«*, und nahm es selbst. Der Chauffeur war sich jetzt sicher, dass es sich um ein Bild handelte.

»Warten Sie bitte hier«, bat ihn Allmen. Er zögerte und fügte noch hinzu: »Wenn wir in … sagen wir, einer halben Stunde nicht zurück sind, dann …« Er überlegte und winkte schließlich ab. »Dann hat es eben etwas länger gedauert.«

Arnold sah den beiden nach, wie sie mit dem Paket auf einen Waldweg zugingen, der für Fahrzeuge zu schmal war. Bevor sie darin ganz verschwanden, rief er ihnen nach: »Sie haben ja meine Handynummer.«

Dann lehnte er sich gegen die Kühlerhaube und stellte sich aufs Warten ein.

9

Zum Bauernhof seines Vaters hatte ein kleines Stück Wald gehört. Im Spätherbst und Winter halfen sich die Nachbarn gegenseitig bei der Waldarbeit. Manchmal musste Allmen seinen Vater begleiten und mit kalten Händen das frisch abgeschlagene stachelige Tannenreisig bündeln.

An einem solchen Tag geschah einmal ein Unfall. Die Männer fällten eine große Tanne, und als sie fiel, rief der Fäller wie immer: »Baum!«

Alle brachten sich in Sicherheit, aber einer, Zäri, stolperte über einen Ast und geriet unter den Baum. Der kleine von Allmen hatte es nicht gesehen, aber gehört. Man schickte ihn zum Hof zurück, aber die Schreie von Zäri begleiteten ihn noch weit. Laute wie von einem Tier.

Allmen erinnerte sich nicht gerne daran. Wie an das meiste, das vor der Zeit lag, als er beschloss, das »von« vor seinem Namen nicht mehr als bäurische Herkunftsbezeichnung, sondern als Adelstitel zu verwenden und entsprechend zu leben. Aber die Kühle und der Duft des Waldes, durch den sie stapften, stumm den Anweisungen folgend, die der Italiener ihm durchs Handy diktierte, riefen diese Erinnerungen zurück.

Die Entführer mussten sie beobachtet haben, denn der Mann am anderen Ende der Leitung hatte ihn beim ersten Anruf angeschrien, weil er Herrn Arnold entdeckt hatte. Nur sie beide wolle er bei der Übergabe dabeihaben. Er beruhigte sich erst, als Allmen ihm erklärte, dass weder er noch Carlos Auto fahren könne. Was nicht ganz der Wahrheit entsprach, ihr aber ziemlich nahekam.

Hinter einem moosbewachsenen Findling trat plötzlich ein Mann hervor. Er hatte eine Pistole im Anschlag und sprach kein Wort.

Allmen und Carlos erschraken und blieben stehen. Beide hielten unaufgefordert die Hände hoch.

Mit der Waffe bedeutete er Carlos, das Bild näher zu bringen. Carlos gehorchte.

Der Mann war jung, höchstens Mitte zwanzig. Er war mittelgroß und hatte ein schmales Gesicht mit hohen Backenknochen über einem bläulichen Bartschatten. Seine Augen waren von einem unschuldigen Grün und schielten ein wenig, sein einziger Schönheitsfehler. Er trug einen schmalgeschnittenen Anzug. Anstelle einer Krawatte zeigte er eine dichtbehaarte Brust unter einem weit geöffneten schneeweißen Hemd.

Es war der Beschützer von Dalia Fioriti, der jungen Geliebten von Tino Rebler.

»*Apri!*«, rief er halblaut.

Carlos begann, das Packpapier zu entfernen.

»*Scusi*«, sagte da Allmen. Und als der Mann nicht reagierte, etwas lauter: »*Scusi!*«

Jetzt schaute er hoch, zielte dabei aber weiter auf Carlos.

»Es gibt ein kleines Problem mit dem Bild. Nichts Schlimmes.«

»*Cosa?*«

»Signora Gutbauer hat es leicht beschädigt. Aber man kann es reparieren. Ich habe das Geld für die Kosten der Reparatur mitgebracht. Wenn Sie erlauben, es befindet sich in meiner Tasche.« Er machte eine vorsichtige Bewegung zu seiner äußeren Jackentasche.

»*Zitto!*«, fuhr ihn der Mann an und zielte auf ihn.

Allmen hob die Hand wieder in die Höhe.

Carlos hatte jetzt das Bild ausgepackt.

»*Fa vedere!*«, befahl er.

Carlos hielt das Bild hoch. Er hatte Allmen den Rücken zugewandt, aber was der Italiener sah, spiegelte sich in seiner Mimik wider. Zuerst Unsicherheit, ob er richtig gesehen hatte. Dann Überraschung. Er trat ein paar Schritte näher – Ungläubigkeit. Und schließlich Ratlosigkeit.

»Due!«, rief er.

Hinter dem Findling trat ein bulliger Mann hervor. Er zog eine stolpernde zerzauste Frau hinter sich her. Sie war mit einem Klebeband geknebelt. Ihr rechtes Auge war zugeschwollen.

»María!«, rief Carlos und machte eine Bewegung auf sie zu.

»Fermati!«, schrie der Bewaffnete. Und zu seinem Komplizen. *»Senza la donna!«*

Der Mann zog María hinter den Stein zurück und kam wieder hervor. Jetzt sah Allmen, dass er ebenfalls eine Waffe trug. Sie steckte in seinem Hosenbund.

Er kam näher, sah auf das Bild, und sein Gesichtsausdruck wurde noch stumpfsinniger.

»*Vieni qua!* Hier, in meiner Tasche, fünfzigtausend für die Reparatur!«, rief Allmen und deutete mit dem Finger der rechten erhobenen Hand auf seine Außentasche.

Die beiden tauschten ein paar Worte. Der Hässliche zog die Waffe aus dem Hosenbund und kam näher.

Allmen roch eine Mischung aus Nikotin und Alkohol. Der Mann griff in die Tasche und holte das Bündel Tausender heraus. Er wandte sich ab und brachte das Geld zu seinem Komplizen zurück, wie ein Hündchen sein Stöckchen.

»Damit können Sie das Bild restaurieren lassen. Vielleicht bleibt noch etwas übrig.«

Die beiden verhandelten leise. Sie schienen zu einem Resultat gekommen zu sein, denn der Bullige hob seine Waffe und zielte in ihre Richtung. Der andere ließ seine Pistole sinken und rief: *»Vieni qua!«* in die Richtung des Findlings.

Langsam und mit gesenktem Kopf kam María hervor. Sie warf Carlos und Allmen einen kurzen Blick voller Angst und Tränen zu.

Dann ging sie an dem Mann vorbei in die Richtung, die er ihr mit der Waffe wies. Sie sah schwach und schmal aus. Ihr Kleid war zerknittert, die Hände waren auf den Rücken gefesselt und ihre Schritte unsicher.

»María!«, rief Carlos.

Sie rief etwas zurück, das sie nicht verstanden.

10

Die Sonne schien durch das Glasdach der Bibliothek, als wäre alles in bester Ordnung. Allmen und Carlos saßen vor dem kalten Schwedenofen und warteten auf ein Lebenszeichen der Entführer.

Der Bullige hatte sie in Schach gehalten, bis der andere Mann mit María im Wald verschwunden war. Erst nach etwa fünf Minuten zog er sich langsam zurück und folgte ihnen.

Das Geld hatte er mitgenommen. Das Bild nicht.

Herr Arnold stellte keine Fragen. Aber Allmen sah ihm an, wie schwer es ihm diesmal fiel. Er fuhr im Rückwärtsgang die zweihundert Meter aus der Sackgasse hinaus und danach schweigend zur Villa Schwarzacker.

Auch Allmen und Carlos sprachen nicht. Alles, was sie zu sagen gehabt hätten, war nicht für Herrn Arnolds Ohren bestimmt.

Erst in der Bibliothek konnten sie sich beraten. Aber da verbarg Carlos erst einmal das Gesicht in den Händen und schluchzte.

Allmen wartete betreten. Endlich stand er von seinem Sessel auf, stellte sich neben ihn und tätschelte ihm unbeholfen die Schulter. *»No llore usted«*, sagte er, weinen Sie nicht. Dabei musste er selbst fast heulen. Nicht nur wegen des traurigen Carlos' und seiner verschwundenen María, auch seinetwegen und wegen der Situation, in die er da geraten war.

Carlos fasste sich langsam.

»Ich glaube, jetzt sollten wir wirklich die Polizei einschalten«, schlug Allmen behutsam vor. Damit meinte er nichts anderes als: Ich glaube, jetzt sollten wir wirklich das Problem an die Fachleute delegieren und ich mich in das sorglosere Leben zurückziehen.

Carlos sah ihn an. »*No sé*. Haben Sie gesehen, wie die mit María umgehen? Sie werden sie töten, wenn wir nicht tun, was sie verlangen.«

Allmen schwieg.

»Ich weiß, was Sie denken, Don John. Sie werden sie vielleicht auch umbringen, wenn wir tun, was sie verlangen.«

Allmen wehrte ab. »Nein, nein. Das habe ich nicht gedacht.«

»Ich schon. Aber ich möchte auch nicht wissen, wie viele Geiseln auf der Welt auf das Konto von Polizisten gehen.« Sie sahen beide das Bild an, das mit gewellter Leinwand an einem Bücherregal lehnte. Durch das Loch, das in dem Dahlienstrauß klaffte, konnte man zwei Buchrücken sehen.

Allmens Handy klingelte. Er meldete sich, lauschte, sagte zweimal: »Okay«, und dann: »Ungefähr zehn auf sieben Zentimeter.« Nach zwei weiteren Okays beendete er das Gespräch.

Carlos schien, dass Allmen etwas bleich geworden war. *»¿Qué dicen?«*

»Sie haben gesagt, dass wir das Bild restaurieren lassen müssen. Und zwar *impeccabile*. Dann machen sie den Austausch.«

»Wie viel Zeit geben sie uns, Don John?«

»So lange, wie wir möchten, dass María bei ihnen bleibt, hat er gesagt.«

»¡Dios mío!« Carlos presste eine Hand gegen den Mund und starrte ausdruckslos vor sich hin.

»In zwei, drei Tagen ist María wieder bei uns«, behauptete Allmen.

»Ojalá«, seufzte Carlos.

Allmen erhob sich energisch von seinem Sessel, um sie beide aus ihrer Erstarrung zu befreien. »Kommen Sie, Carlos, *vámonos.*«

Carlos stand zögernd auf. »Don John?«

»Diga.«

»Haben Sie verstanden, was María gerufen hat?«

»Nein. Etwas mit ›A‹, glaube ich.«

»Am Telefon damals hatte sie auch etwas mit ›A‹ geschrien. Es klang wie *alma*, Seele. Oder ›Allmen‹.«

Er folgte ihm ins Vestibül. »Don John?«

»Diga.«

»Weshalb wollte der Anrufer die Maße des Lochs wissen?«

Allmen wurde verlegen. Schließlich antwortete er. »Er sei auch bereit, das beschädigte Bild auszutauschen, sagte er.«

Carlos' Miene hellte sich ein klein wenig auf.

Doch Allmen sah sich gezwungen, ihm die ganze Wahrheit zu sagen: »Aber nur gegen eine ebenfalls beschädigte Geisel.«

Carlos schloss die Augen. »Und die Maße?«
Allmen antwortete nicht.

Carlos' glatte olivfarbene Haut war grau geworden. »So groß werde auch das Loch in María sein?«

Er sah Allmen an, dass er richtig geraten hatte.

11

Severin Erlbaum hatte einen weißen Backenbart nach Art der würdigen Herren, deren Porträts er restaurierte. Wohl um die spärliche Kopfbehaarung zu kompensieren.

Er trug einen weißen, hochgeschlossenen Mantel wie die Irrenärzte in alten Schwarzweißfilmen. Doch was Allmen zuallererst auffiel, war der durchdringende Schweißgeruch, der von ihm ausging.

Seine Adresse hatte Carlos im Internet gefunden. Erlbaums Atelier befand sich in einem kleinen Haus in einem schwer zu findenden und schlecht zugänglichen Hinterhof. Ein Schild an einer stark befahrenen Straße nicht weit vom Stadtzentrum war schwungvoll mit »Restaurierungen, Vergoldungen, Konservierungen Severin Erlbaum, 60 m« beschriftet und wies in seine Richtung.

Herr Arnold hatte den Fleetwood mit blinkenden Warnlichtern halb aufs Trottoir gestellt und das

Bild zu dem kleinen Häuschen getragen. Es hatte ein Schaufenster, in dem Fotos von Restaurierungsbeispielen ausgestellt waren. Allmen klingelte, und Severin Erlbaum empfing ihn persönlich. Er war auf den Besuch vorbereitet, denn Allmen hatte mit ihm telefoniert und ihn gefragt, ob er Zeit für einen »dringenden und entsprechend lukrativen Auftrag« habe.

Herr Erlbaum hatte im Prinzip keine Zeit, sagte aber, er könne sich die Sache ja einmal ansehen.

Er führte Allmen und Herrn Arnold in ein Studio. Die Wände hingen voller Bilder, alle von ein und demselben Maler, alles surrealistische Werke in hyperrealistischer Technik. Der Schöpfer dieses Œuvres kannte seinen Dalí.

Severin Erlbaum bemerkte, dass Allmen die Bilder betrachtete. »Eigentlich bin ich Künstler. Aber von etwas muss der Mensch ja leben.«

Ein Satz, den in dieser Situation genauso gut Allmen hätte sagen können.

Herr Arnold legte den verpackten Fantin-Latour auf einen der großen Maltische. »Danke, Herr Arnold«, sagte daraufhin Allmen, »ich möchte nicht, dass Sie einen Strafzettel bekommen.«

Arnold ging zu seinem unerlaubt geparkten Auto zurück. Man sah ihm an, dass er zu gerne das ominöse Bild gesehen hätte.

»Darf ich?«, fragte Severin Erlbaum, setzte, ohne eine Antwort abzuwarten, eine runde Brille auf und begann, das Bild aus dem Packpapier zu schälen. Als er den Fantin-Latour freigelegt hatte, stieß er zwei Pfiffe aus. Einer galt der Beschädigung, der andere dem Bild. Aber sein Kommentar betraf nur den Schaden: »Wie ist denn das passiert?«

Allmen zog die Brieftasche aus dem Jackett und entnahm ihr eine Karte. Allmen International Inquiries, *The Art of Tracing Art*, Johann Friedrich von Allmen, das volle Programm.

Der Restaurator sah von der Karte zu Allmen und wieder zurück. »Verstehe«, sagte er nur.

»Dann verstehen Sie bestimmt auch, dass ich zu äußerster Diskretion verpflichtet bin. Sowohl was meine Klientel als auch was die Umstände der Beschädigung angeht.«

Herr Erlbaum musterte ihn. Ein wenig spöttisch, kam es Allmen vor.

»Die Auftraggeberschaft ist bereit, diese Diskretion sehr angemessen zu remunerieren«, fügte Allmen hinzu.

»Haben Sie ein brauchbares Foto von dem Bild im unbeschädigten Zustand?«

Allmen überreichte ihm eine Kopie des Digitalfotos aus dem Auftragsdossier von Cheryl Talfeld.

Erlbaum nahm eine Lupe vom Tisch, inspizierte

das Foto, nickte befriedigt und richtete das Vergrößerungsglas auf die Schnittkanten des Lochs. »Sieht sehr frisch aus«, stellte er fest.

»Wie gesagt, ich kann mich dazu nicht äußern. Meine Mission ist, Sie zu fragen: Trauen Sie sich zu, den Schaden perfekt zu beheben? Und falls ja, in wie wenig Zeit?«

»Und zu welchem Preis«, ergänzte Erlbaum.

»Wenn Sie die beiden ersten Fragen zu unserer Zufriedenheit beantworten, ist die dritte für uns von nicht sehr hoher Relevanz.«

Severin Erlbaum nickte, als wäre die Frage auch für ihn von nicht besonderer Relevanz, hob das Bild an und studierte dessen Rückseite. »›Perfekt, perfekt‹«, murmelte er, »›perfekt‹ kann ich nicht garantieren. Es sei denn, Sie hätten das fehlende Stück noch.«

»Ich fürchte, das ist verlorengegangen.«

»Dann müssen wir wohl oder übel doublieren.«

»Was bedeutet das?«

»Die Leinwand hinterkleben. Und dann die Fehlstelle mit Kitt füllen. Dann erst kann man die Blüte neu malen. Danach muss die Stelle trocknen, dann wird sie gefirnisst.«

»Klingt nach viel Zeit.«

»Am meisten Zeit braucht das Glätten der Leinwand. Ich muss das Bild abspannen und in die

Feuchtigkeitskammer legen und danach auf dem Unterdrucktisch langsam glätten.«

»Macht insgesamt wie viel Zeit?«, fragte Allmen ungeduldig.

Der Restaurator überschlug den Zeitbedarf im Kopf. Schließlich sagte er: »Zwei Monate. Minimum.«

Allmen schüttelte mitleidig den Kopf. »Und wenn Sie es etwas weniger perfekt lösen?«

Jetzt war es an Erlbaum, den Kopf zu schütteln. »Ich habe einen Ruf zu verlieren, Herr von Allmen.«

»Die Wahrung absoluter Diskretion beruht selbstverständlich auf Gegenseitigkeit. Nie wird jemand erfahren, dass Sie der verantwortliche Restaurator waren.«

»Ich könnte das Glätten der Leinwand ohne Feuchtkammer versuchen. Die Verwerfungen sind ja ganz frisch.«

»Was sparen wir dadurch?«

»Drei Wochen.«

»Damit sind wir noch immer meilenweit entfernt von der Kategorie der Dringlichkeit, an der meiner Auftraggeberschaft mehr als nur gelegen ist. Vielleicht gehen wir die Sache anders an. Finanziell. Von welchem Betrag würden wir im Normalfall bei dieser Arbeit reden?«

Erlbaum kratzte sich am Backenbart und rechnete lange. »Ohne Expresszuschlag käme Ihre Auftraggeberschaft nicht unter, sagen wir, fünfunddreißigtausend davon.«

»Machen wir vierzig. Plus vierzig für die Eile. Plus vierzig für die Diskretion.«

Falls Allmen erwartet hatte, dass Severin Erlbaum sofort die Waffen strecken würde, hatte er sich getäuscht. Er runzelte die Stirn, tat, als ob er im Kopf die offizielle Tariftabelle des Restauratorenverbandes für Diskretion und Hudelei durchging, und sagte dann: »Unter hundertfünfzig komme ich nicht raus, fürchte ich.«

»Dann hundertfünfzig«, sagte Allmen obenhin. »Jetzt zum Zeitplan. Was ist das absolut Schnellste, das Sie anbieten können, Herr Erlbaum?«

Er überlegte lange. Allmen hatte den Eindruck, dass sich der Schweißgeruch dabei noch intensivierte. »Sechs Tage«, antwortete Erlbaum schließlich. »Aber dann alles ohne Garantie. Dann arbeite ich mit Haartrocknern und synthetischen elastischen Textilien und anderen Pfui-Pfuis.«

Allmen dachte an María Moreno, wie schicksalsergeben und hoffnungslos sie vor ihrem Bewacher in den Wald zurückgestolpert war, und sagte: »Drei Tage und drei Nächte macht auch sechs.«

Diesmal überlegte Erlbaum nicht lange: »Das kostet aber Nachtzuschlag.«

»Wie viel?«

»Zehn pro Nacht.«

Allmen griff in die Brusttasche und zog ein Bündel Tausender heraus. »Das müssten fünfzig sein. Die restlichen hundertdreißig bei Lieferung.«

»Fünfzig Prozent. Ich nehme immer die Hälfte als Anzahlung. Neunzig, in Ihrem Fall.«

»Dann muss ich noch kurz bei der Bank vorbei. Fangen Sie ruhig schon einmal an.«

Allmen war froh, als er wieder an die frische Luft trat. Er sandte Herrn Arnold eine Nachricht. Ein paar Minuten später sah er den Fleetwood kommen.

12

Carlos stand in einem Rosenbeet und harkte. Er hatte es nicht mehr ausgehalten, nichts zu tun. Aber jetzt, wo er etwas tat, merkte er, dass es ihn auch nicht ablenkte. Er musste immer an María denken. Wie erschöpft und krank sie ausgesehen hatte. Wie schwach ihre Stimme geklungen hatte, als sie auf seinen Zuruf etwas Unverständliches geantwortet hatte.

Hoffentlich hatte Don John Erfolg. Hoffentlich war der Restaurator einverstanden, das Bild zu reparieren. Und hoffentlich sofort. Carlos glaubte nicht, dass María es noch lange aushalten würde.

Endlich kam Don John. Carlos hörte auf zu harken und sah ihn erwartungsvoll an.

Allmen lächelte, hielt einen Daumen in die Höhe und ging ins Haus.

Gracias a Dios, Carlos atmete auf, gute Nachrichten. Er ließ die Harke fallen und folgte dem Patrón ins Haus. Kurz darauf stand er in Drillich, Gärtnerschürze und Arbeitsschuhen auf dem Bibliotheksteppich. Etwas, was ihm unter normalen Umständen im Traum nicht eingefallen wäre.

Allmen registrierte den Stilbruch kommentarlos. »Er macht es«, eröffnete er ihm. »In Rekordzeit.«

»Wie lange?«

»Drei Tage!«, sagte Allmen, nicht ohne Stolz.

»*Tres días*, Don John!« Drei Tage waren eine Ewigkeit. Hatte er denn nicht gesehen, in welchem Zustand María war. Wie sollte sie drei weitere Tage überleben!

»Anstatt zwei Monate, Carlos.«

»Noch drei Tage bei diesen Schweinen, Don John?« Er schrie es beinahe.

»María ist stark«, antwortete Allmen. »Das wissen wir, nicht wahr, Carlos?«

Don John hatte recht, María war eine starke Frau. Manchmal fast zu stark für sein Selbstbewusstsein, wenn er ehrlich war. Aber heute hatte sie so zerbrechlich ausgesehen.

Carlos hob die Schultern. »*Pero sólo es mujer.*« Aber sie ist nur eine Frau.

Allmen schwieg. Carlos sah jetzt, dass die Sache seinen Patrón auch etwas mitgenommen hatte. Über der Nasenwurzel waren zwei geschweifte Falten eingefurcht, die sonst nicht da waren. Und an den schlecht zugänglichen Stellen unter den Nasenflügeln hatten sich ein paar Stoppeln angesiedelt. Etwas, was Carlos noch nie zuvor beobachtet hatte.

»Don John, Sie glauben doch auch, dass Señor Rebler dahintersteckt?«

»Sieht ganz so aus, Carlos.«

»Weil er das Bild seiner Freundin zurückgeben will, der er es geschenkt hatte. Und der es el Señor Tenz gestohlen hat.«

»Davon gehe ich aus.«

»Sie haben sie doch kennengelernt. Glauben Sie, dass sie von der Entführung weiß?«

Allmen schüttelte den Kopf. »Das kann ich mir nicht vorstellen.«

»*Una sugerencia, nada más.*«

»*Diga.*«

»Vielleicht sollte sie es erfahren, Don John.«

Allmen nahm den Vorschlag schweigend zur Kenntnis und dachte darüber nach.

Carlos wusste, dass Don John die Telefonnummer der Römerin von Remo di Gioya bekommen hatte. »*Tal vez* rufen Sie sie an«, schlug er vor.

Allmen schien noch immer unentschlossen. Aber plötzlich gab er sich einen Ruck, zog das Handy hervor, suchte im Nummernverzeichnis und rief an.

So still war es in der Bibliothek, dass Carlos den Freiton hören konnte. Und dann auch das »*Pronto?*« der Frauenstimme.

»*Sono* John Allmen, *ciao* Dalia, *come stai*«, sagte Allmen aufgeräumt. »Dalia? *Pronto?* Dalia?« Er hielt Carlos das Handy entgegen, wie zum Beweis, dass sie aufgelegt hatte.

Aber Carlos ließ nicht locker. »Vielleicht ist sie an einem Ort mit schlechtem Empfang.«

Allmen machte einen zweiten Versuch. Lange lauschten beide dem schwachen Läuten, bis es in eine andere Tonart und Kadenz wechselte zum Zeichen, dass die Nummer nicht erreichbar war.

Allmen sah Carlos fragend an.

»*¿Un mensaje tal vez?*«

Allmen schrieb eine Nachricht. Hielt inne, überlegte, schrieb, unterbrach, änderte, schrieb. Endlich las er vor: »Liebe Dalia, eine Frau wurde als Geisel genommen für das Dahlienbild, das dir gestohlen wurde. Sie wird gequält und mit dem Tod bedroht. Sag Tino bitte, dass das Bild in drei Tagen repariert ist und er es zurückbekommt. Aber bitte behandelt die Frau gut, sie hat mit der Sache nichts zu tun. Bitte. John A.«

»Wie finden Sie es, Carlos?«

»Vielleicht noch besser ›eine unschuldige Frau‹, Don John.«

Allmen fügte das Adjektiv ein und drückte auf »Senden«.

In diesem Moment erschien auf dem Display das Symbol für einen eingehenden Anruf. »Anonym«. Sekundenbruchteile danach klingelte sein Handy. Beide, Allmen und Carlos, wussten sofort, wer es war.

Allmen meldete sich mit *»Pronto«*.

»Quando?«, fragte die Stimme nur.

»Fra tre giorni«, antwortete Allmen.

»Giovedì?«

»Donnerstag«, bestätigte Allmen. »Elf Uhr.«

»Va bene«, sagte der andere.

»Aspetti!«, rief Allmen. »Noch etwas. Behandeln Sie die Dame wie ein Gentleman. Nicht wie ein Schlappschwanz.«

Nach *papamolla*, »Schlappschwanz«, blieb es einen Sekundenbruchteil still. Dann wurde die Verbindung unterbrochen.

»*Con todo el respeto*, Don John, ich weiß nicht, ob der letzte Satz nötig war.«

13

María heulte, als sie in den Kellerraum zurückgeführt wurde. Vielleicht hatte sie damit Julio gerührt, denn er verließ den Raum nicht wie sonst vor Due, sondern wartete auf ihn und befahl ihm, die Handfesseln zu lösen, als dieser Anstalten machte, sie gefesselt zurückzulassen.

Die Luft war kalt und abgestanden und roch nach dem Toiletteneimer und ihrem Erbrochenen. Sie fühlte sich so schwach und elend, dass sie sich gleich auf die Matratze legte, in die dünne Decke hüllte und sofort einschlief.

Sie erwachte von einem Schüttelfrost. Lange konnte sie nicht geschlafen haben, es war noch immer hell, und gedämpfter Baulärm drang durch das kleine Fenster.

Jetzt erst entdeckte sie die Schachtel Zäpfchen, die Julio in eine Ecke gekickt hatte. Sie rappelte sich auf und ging auf schwachen Beinen dorthin. Nachdem sie sie aufgehoben hatte, musste sie sich einen Moment gegen die Wand stützen, um nicht umzufallen. Sie ging zur Matratze zurück und nahm ein Zäpfchen. Die Schachtel mit den übrigen versteckte sie unter der Matratze. Dann legte sie sich hin, deckte sich zu und wartete auf die Wirkung.

Die Bilder des Tages vermischten sich: der Kofferraum, dunkel und hart; der Wald, grün und schwarz; Señor John, ernst und besorgt; Carlos, verzweifelt und mit Tränen in den Augen; Due, drohend und zudringlich. Das Bild. Immer wieder das Bild mit dem Loch. Das Pfand, gegen das sie freikommen sollte, zerstört.

Sie betete, dass Carlos begreifen möge, weshalb sie »Yalmha!« geschrien hatte.

Wieder musste sie eingeschlafen sein. Von draußen drangen keine Geräusche mehr herein, und es war fast dunkel. Sie fühlte sich besser. Die Halsschmerzen waren zurückgegangen, die Gliederschmerzen auch. Sie fror oder schwitzte nicht mehr so stark und konnte wieder einen klaren Gedanken fassen.

Der erste war: Ich darf nicht warten, bis man mich befreit. Ich muss mich selbst befreien.

María Moreno stand auf, legte sich die Wolldecke als Poncho um die Schultern und suchte im Halbdunkel noch einmal den Raum ab.

Das Fenster zum Lichtschacht lag zu hoch. Selbst wenn sie sich auf ihren Eimer stellen würde, wäre es unerreichbar. Und selbst wenn sie es schaffen würde, die Unterkante der Fensteröffnung zu erreichen, hätte sie sicher nicht die Kraft, sich hinaufzuziehen.

Das Abflussrohr, das neben dem Fenster aus der

Decke kam, auf halber Raumhöhe abbog und fast waagrecht die Wand entlanglief, wäre zwar erreichbar und brächte sie in Reichweite des Fensters, wenn sie darauf stehen würde. Aber wie kam sie da hinauf?

Die Tür – aussichtslos. Sie sah zwar nicht besonders stabil aus, und wenn sie die Klinke runterdrückte und rüttelte, dann hatte sie viel Spiel. Aber sie öffnete sich nach außen und war auf der anderen Seite mit einem Putzriegel verschlossen, an dem ein Vorhängeschloss hing. Das war zwar etwas lotterig, aber um den Riegel wegzusprengen, brauchte es Kraft. Mehr, als María selbst bei bester Gesundheit besessen hätte.

Neben der Tür ragten ein paar Elektrodrähte aus der Wand. Ohne bestimmte Absicht zog María an einem und erschrak. Hinter ihr ertönte ein Geräusch. Es kam von einer anderen Stelle an der Wand, aus der Drähte ragten.

Sie zerrte an einem anderen. Wieder ein Geräusch. Diesmal von der Decke. Auch dort schauten Drahtenden heraus.

María hörte Schritte vor der Tür und gleich darauf das metallische Geräusch des Vorhängeschlosses.

Sie legte sich auf die Matratze und stellte sich schlafend.

14

Während sich María Morenos Gesundheitszustand etwas besserte, verschlechterte sich der von Dalia Gutbauer. Die Abstände zwischen ihren Hustenanfällen wurden kürzer, ihr Fieber stieg, und das Atmen begann ihr schwerzufallen.

Die Pflegerin hatte Doktor Kersthuber gerufen, und dieser hatte beim Abhören Geräusche festgestellt, die ihn, wie er sich ausdrückte, »etwas nervös« machten.

Dalia Gutbauer hatte geantwortet: »Wenn ich etwas nicht gebrauchen kann, ist es ein nervöser Arzt.« Sie weigerte sich, das Haus für die Röntgenuntersuchung zu verlassen, zu der Kersthuber dringend riet.

Auch die Einnahme eines Antibiotikums lehnte sie ab. Er machte den Fehler, das Wort »präventiv« zu benutzen.

»Geben Sie es mir dann therapeutisch, wenn Sie sicher sind«, empfahl sie ihm.

Nach der Visite nahm Doktor Kersthuber im Korridor Cheryl Talfeld beiseite und besprach mit ihr die nächsten Schritte. Er hatte vor, ein mobiles digitales Röntgengerät kommen zu lassen und Madame Gutbauers Zimmer mit einigen in der Intensivmedizin gebräuchlichen Geräten auszustatten. »Dazu brauche ich von Ihnen zweierlei, Frau Talfeld: grünes Licht, was die Finanzen angeht. Und die Maße des Gästelifts und dessen Gewichtslimit.«

Cheryl Talfeld gab ihm grünes Licht und bat Monsieur Louis, den Lift auszumessen. Dann ging sie zurück ins Krankenzimmer.

Die Schwester öffnete und legte den Finger an die Lippen. Dalia Gutbauer war eingeschlafen.

Cheryl trat ans Bett und sah auf die alte Frau hinunter. Die weißen Haarspitzen, die das Gesicht einrahmten, waren feucht vom Schweiß und klebten auf der faltigen Haut. Dalia Gutbauer war bleich, aber zwei rote Flecken glühten auf ihren Wangen. Sie atmete flach und rasch durch den halbgeöffneten Mund. Die Lippen hatten die etwas zu perfekten Zähne freigelegt, was ihrem Gesicht einen glücklich verträumten Ausdruck verlieh, der durch die geschlossenen Augen noch verstärkt wurde.

»Sie gefällt mir nicht«, flüsterte die Schwester.

Cheryl gefiel sie auch nicht. Aber nicht im selben Sinn. Sie machte sich keine Sorgen um die alte Frau. Sie konnte sie nicht mehr ausstehen. Besonders gemocht hatte sie sie nie. Aber sie hatte sie amüsiert. Sie hatte sie studiert wie eine bemerkenswerte Naturerscheinung. Ihre Launen, ihre Exzentrik, ihre Kälte, ihre Verletzlichkeit, ihren Machthunger, ihre Durchtriebenheit, ihren Witz, ihren Charme und ihre Großzügigkeit, die letztlich schuld daran war, dass sie es zweiundzwanzig Jahre mit ihr ausgehalten hatte.

Cheryl Talfeld war in all der Zeit eine wohlhabende Frau geworden. Nicht nach den Maßstäben ihrer Chefin, aber da sie während der ganzen Zeit bei wachsendem Einkommen und kaum Ausgaben Dalia Gutbauers Investitionstipps treu befolgt hatte, waren ein paar Millionen zusammengekommen. Die finanzielle Unabhängigkeit hätte sie schon lange. Nur die persönliche fehlte ihr. Und zwar je länger, desto mehr.

Die Schwester hatte es sich in einem Sessel bequem gemacht und begonnen, ein Buch zu lesen. Cheryl Talfeld stand neben dem Bett und blickte auf die Frau hinunter, die die wichtigsten Jahre ihres Lebens bestimmt hatte. Vielleicht hatte Allmen recht, als er sagte: »Sie ist geisteskrank, nicht?«

Sie war nie jemandem begegnet, der so besessen davon war, alle Niederlagen seines Lebens nachträglich in Siege zu verwandeln. Niemandem, der so nachtragend, selbstgerecht und rachsüchtig war.

Jahrelang hatte sie das Phänomen Dalia Gutbauer studiert und geglaubt zu wissen, wie die alte Frau tickte. Selbst als diese die verblühte Dahlie aus dem Bild schnitt und sie Teresa Cutress schickte, konnte sie nachvollziehen, was in ihr vorgegangen war. Aber warum hatte sie das Bild dann doch noch Allmen und Carlos überlassen?

Gab es in einem Winkel dieses alten Herzens doch so etwas wie Mitleid, Reue – gar Selbstlosigkeit?

Sie sah das ungewollte Lächeln und den flachen Atem der Greisin und dachte: Selbst wenn es so wäre, von mir aus kann sie abkratzen.

In diesem Moment schlug Dalia Gutbauer die Augen auf. »Zu früh gefreut«, sagte sie, »ich lebe noch.«

Dritter Teil

1

Es gab nicht viele Orte in dieser Stadt, an denen Allmen noch nie gewesen war. Dies war einer davon. Er befand sich im S-Bahnhof eines Außenquartiers am Ende einer wenig frequentierten unterirdischen Ladenstraße zwischen einer chemischen Reinigung und einem Laden für Handy-Zubehör. Es war ein Schnellimbiss mit dem dämlichen Namen »Schmatz!!« in roter Schrift in einer gelben gezackten Sprechblase. Vor dem Schaufenster standen drei Tische mit Plastikstühlen, im Inneren fünf, sechs weitere. Im Glastresen lagen Sandwichs, und darauf stand eine Hotdog-Maschine, in deren Glaszylinder ein paar Würstchen badeten und an deren Toaststangen zwei Brötchen steckten. An einem Tisch verzehrte ein Backpacker sein Hotdog, hinter dem Tresen stand eine gelangweilte Jugendliche in einem weinroten Arbeitskittel und dazu passender Mütze, beides mit dem »Schmatz!«-Logo.

Sonst war niemand da. Er war etwas zu früh, bestellte einen Kaffee, besann sich und änderte die Bestellung in »ein Mineralwasser *mit*«.

Noch bevor das Getränk gebracht wurde, traf seine Verabredung ein. Ebenfalls zu früh.

Sie kam auf seinen Tisch zu, Allmen erhob sich, und sie gaben sich die Hand. *»Ciao«*, sagte sie mit ihrer dunklen Stimme und einem Lächeln, das ausdrückte, dass ihr eigentlich nicht nach Lächeln zumute war. Er wusste sofort wieder, warum er sich bei ihrer ersten Begegnung beinahe verliebt hatte. Und verstand, warum sie Tino Rebler so gefährlich machte. Er hatte noch nie eine Frau getroffen, die das Damen- und das Mädchenhafte auf so verwirrende Art vereinte. Und schon gar nicht an einem so uneleganten Ort bei einem so banalen Getränk.

Sie sagte auf Italienisch mit ihrem angenehmen römischen Akzent: »Hier sieht uns keiner«, und setzte sich.

Auch sie traute dem Kaffee des Schmatz!! nicht und bestellte Wasser. »Tino hat mit der Entführung nichts zu tun«, eröffnete sie das Gespräch.

»Non è possibile«, staunte Allmen.

»Es ist Dario, der Mann, der mich beschützt. Beschützt hat, muss ich sagen. Tino hat ihn gefeuert, *grazie a Dio*. Er ist ein Krimineller.«

»Weshalb dann die Entführung?«

»Gekränkter Stolz. Dass er sich das Bild hat klauen lassen. Er will es Tino um jeden Preis zurückbringen. Vor die Füße schmeißen, am liebsten.«

»Und Tino Rebler will das auch?«

»Er hat bestimmt nichts dagegen. Aber nicht mit solchen Methoden. Tino ist kein Krimineller.«

Allmen kommentierte diese Einschätzung nicht. Stattdessen fragte er: »Und du? Willst du es auch zurück?«

Dalia Fioriti machte ein zauberhaft angewidertes Gesicht. »Ich kann es nicht mehr sehen.«

»Weiß das Herr Rebler?«

»*No, per carità!* Das darf ich ihm nicht sagen.«

Allmen wurde sehr ernst. »Die entführte Frau heißt María Moreno. Sie ist Kolumbianerin und wird nächsten Monat einunddreißig.« Allmen zog ein Foto aus der Brieftasche und legte es vor Dalia hin. Es zeigte eine sorglos lachende María. Carlos, der Hobbyfotograf, hatte es vor zwei Wochen im Park der Villa Schwarzacker aufgenommen. Sie stand vor dem gelben Hintergrund einer blühenden Forsythie und lachte übermütig, die schwarzen Haare offen, den Kopf leicht zurückgeworfen, schneeweiße Zähne kirschrot umrahmt.

»*Che bella*«, stellte Dalia fest und gab ihm das Foto zurück.

»Kannst du ihr helfen?«

Sie schüttelte bedauernd den Kopf. »Ich kann nicht einmal erwähnen, dass sie entführt wurde. Tino würde fragen, woher ich das weiß. Nein. Man kann ihr nur mit dem Bild helfen. Man muss es Dario geben, sonst dreht er ganz durch.«

»Das Bild ist beschädigt. Wir wollten es ihm so geben, aber er hat es nicht akzeptiert. Er will, dass wir es reparieren. Das dauert drei Tage. Ich habe María gesehen. Ich weiß nicht, ob sie noch drei Tage durchhält.«

Dalia schien ehrlich betroffen. »Glaub mir, ich würde gerne helfen. Aber ich weiß nicht, wie.«

Beide saßen eine Weile still da. Der Backpacker hatte bezahlt und ging nun hinaus. Die Bedienung sah gelangweilt zu ihnen herüber und wandte sich dann wieder ihrem Handy zu.

»Vielleicht kannst du Dario bitten, sie während der drei Tage anständig zu behandeln.«

»Ich habe keinen Kontakt mehr zu Dario. Ich habe einen neuen Beschützer.«

Allmen blickte suchend zum Eingang hinüber, sah aber niemanden.

Sie lächelte. »Er muss sich noch einarbeiten.«

»Du hast doch bestimmt noch Darios Handynummer. Schreib ihm eine Nachricht. ›Sei nett zu María‹, oder so. Vielleicht nützt das etwas.«

»Chissà.« Wer weiß.

2

Severin Erlbaums Backenbart war zerzaust, und seine Augen blickten aus verquollenen Lidern. Er hatte erst nach mehrmaligem Klingeln geöffnet, Allmen hatte ihn in Verdacht, geschlafen zu haben.

Er war unangemeldet gekommen. Offiziell, weil er mit ihm den genauen Abgabetermin besprechen wollte, in Wahrheit einfach, weil er sehen wollte, ob Erlbaum arbeitete und wie weit er mit der Restaurierung war. Er traute Severin Erlbaum nicht.

Der Restaurator bat ihn widerwillig herein und ging voraus ins Atelier. Allmen hielt den Atem an. Der Mann mochte sich zur Erfrischung etwas hingelegt haben, geduscht hatte er nicht.

Die Leinwand war vom Keilrahmen gelöst worden. Sie lag mit der bemalten Seite nach unten auf einer mit Luftpolsterfolie abgefederten Unterlage. Das quadratische Stück eines neuen Textilgewebes klebte darauf.

»Nie hätte ich das so gelöst«, schimpfte Erlbaum. »Das ist Pfusch!«

Er wendete die Leinwand vorsichtig. Sie war wieder glatt, die Wellen waren verschwunden. Dort, wo das Loch gewesen war, befand sich jetzt eine helle Stelle mit den Umrissen der zehnten Dahlie. Erlbaum berührte die Stelle vorsichtig mit der Spitze des kleinen Fingers und nickte zufrieden. »Gespachtelt, um die Leinwanddicke auszugleichen, und klassisch grundiert.«

Er führte ihn zu einem anderen Maltisch. Dort lag der Keilrahmen. Seine Nagellöcher waren mit einer Masse verspachtelt, die etwas heller war als das Holz des Rahmens. Daneben, in einem weißen Unterteller, lagen die kleinen Tapezierernägel. Er hatte wohl vor, sie wiederzuverwenden.

»Bisher war alles Handwerk«, verkündete Seve rin Erlbaum. »Ab jetzt beginnt die Kunst.«

Er weckte einen Computermonitor, der auf einem weiteren Tisch neben einer Atelierstaffelei stand. Das Foto des Dahlienbildes, das Allmen ihm mitgebracht hatte, erschien. Erlbaum vergrößerte die welke Blüte so weit wie möglich, ohne dass die Pixel sichtbar wurden.

»Fantin-Latour hat Tausende von Blüten gemalt. Blüten waren seine Spezialität. Das macht ihm so schnell keiner nach. Schauen Sie sich mal diese Details an!«

Allmen sah sie sich an. Erlbaum hatte recht. So vergrößert, wirkte der Ausschnitt wie ein impressionistisches Gemälde aus allen möglichen Weiß-, Grün-, Gelb-, Braun- und Grautönen in unterschiedlichen Farbdicken und Aufträgen. Ein Kunstwerk für sich allein.

Er wandte sich vom Bildschirm ab und bemerkte, dass der Restaurator ihn mit seltsamem Blick musterte.

»Schaffen Sie es bis Donnerstag, neun Uhr?«, fragte Allmen.

Erlbaum ging nicht auf die Frage ein. »Ein sehr seltener Fantin-Latour«, bemerkte er stattdessen. »Fehlt praktisch in der Literatur. Verschollen.«

Er blickte Allmen scharf durch seine runde Brille an, als erwarte er eine Erklärung.

Allmen machte es Erlbaum nach: Er überging die Frage und kam auf sein Thema zurück. »Donnerstag, Punkt neun Uhr, werde ich mit dem Restbetrag vorbeikommen und das Bild abholen. In Ordnung?«

»Ich bin mir inzwischen nicht mehr sicher, ob wir den Diskretionsanteil bei der Honorarberechnung nicht doch etwas unterbewertet haben.«

»Dann also abgemacht: Donnerstag, neun Uhr nullnull.«

3

Die Haftbedingungen von María Moreno hatten sich ein wenig verbessert. Beim letzten Mal, als sie jemanden kommen hörte, hatte sie sich schlafend gestellt und war auf alles gefasst gewesen. Aber Due war nicht allein gekommen, Julio hatte ihn begleitet und war während der kurzen Zeit, die der Besuch in Anspruch nahm, im Raum geblieben.

Due hatte ein paar Sachen mitgebracht: einen Schlafsack, ein Sixpack Mineralwasser, ein Viererpack Toilettenpapier und einen neuen Eimer. Darin waren zwei Fertigpackungen, eine mit Reis-, eine mit Makkaronisalat. In einer Papiertüte befanden sich vier Äpfel und eine Tafel Schokolade. Der übrige Inhalt: eine Zahnbürste, Zahnpasta und ein Orange- und Jasminraumspray.

Sie war so dankbar für die Mitbringsel und so erleichtert, dass sie Due diesmal nicht allein ausgeliefert war, dass sie sich mit einem Lächeln bedankte. Julio hatte zurückgelächelt, und Due hatte eine Grimasse gezogen, die wohl so etwas wie ein Lächeln sein sollte.

Es verschwand sofort, als Julio ihn anwies, den benutzten Eimer mitzunehmen.

Kaum waren die beiden gegangen, hatte sie sich über ihre Dankbarkeit geärgert. Aber sie hatte sich sofort über den Reissalat hergemacht und etwas von der Schokolade gegessen. Das war ein gutes Zeichen. Sie fühlte sich besser, dank der Zäpfchen, von denen sie ein zweites genommen hatte.

So ärgerlich es war, dass sie die beiden angelächelt

hatte: Die Erwiderung ihres Lächelns, vor allem von Due, hatte sie auf eine Idee gebracht.

Sie ging zu der Stelle neben der Tür, wo die Installation des Lichtschalters vorgesehen war, und zerrte an einem der Elektrodrähte, die dort herausschauten. Mit einem schleifenden Geräusch verschwand einer der Drähte an der Decke in der Öffnung.

Sie hatte noch keinen Meter herausgezogen, als der Draht stecken blieb. Sie legte ein Stück Wolldecke um die Hand und wickelte ihn darum. Mit der so geschützten Hand konnte sie mit aller Kraft ziehen. Der Draht gab nach, und sie schaffte es, ihn ganz aus seiner Leitung zu zerren. María verknotete sein Ende zu einer Schlaufe, durch das sie das andere Drahtende zog. Jetzt hatte sie eine hübsche Schlinge aus grüngelb isoliertem Draht. Diese schob sie unter die Matratze, griffbereit.

4

Noch nie war Mrs. Cutress im Frühstücksraum gesehen worden. Schon gar nicht zu dieser nachtschlafenden Zeit – halb neun. Sie betrat den Raum denn auch nicht wie ein Gast, der schon seit sechs Jahren hier wohnte, sondern unsicher wie ein Neuankömmling.

Ein Kellner, der ihr seit Jahren gegen halb zwölf den Cappuccino und den Orangensaft aufs Zimmer brachte, sah sie an wie eine überirdische Erscheinung, bevor er sie zu einem Tisch führte und fragte, was sie trinken wolle.

»Das Gleiche wie immer, Bruno«, sagte sie. »Aber mit Schinken und Ei.«

Teresa hatte viel vor an diesem Tag. Einkaufen, eine Reisegarderobe, praktische Sachen, aber dennoch elegant. Sie hatte vor, wenn immer möglich First Class zu fliegen, auch wenn es sie einen zu großen Teil ihres neuen Vermögens kostete. Dies würde der letzte Transatlantikflug ihres Lebens sein, sie beabsichtigte nicht, ihn in der Holzklasse zu verbringen.

Nach dem Frühstück würde sie in ein Reisebüro gehen. Natürlich hätte sie den Flug auch über den Concierge buchen können, Klettmann war ein ganz brauchbarer Mann. Aber er war auch ein Dalia-Gutbauer-Mann. Auf keinen Fall durfte die durch ihn von ihren Plänen erfahren. Sie würde persönlich bei ihr aufkreuzen und auf Nimmerwiedersehen sagen. Diesen Triumph wollte sie sich nicht nehmen lassen. Deshalb war sie so früh auf den Beinen.

Die schrecklichen Schwestern kamen, kurz nachdem man ihr den Cappuccino und Orangensaft gebracht hatte. Die Dicke mit den Krücken blieb vor Überraschung stehen, und die Hagere, die hinter ihr ging, lief in sie hinein, weil sie ebenfalls zu Teresa herüberschaute und nicht auf das plötzliche Anhalten der Schwester gefasst war.

Teresa lächelte zu ihnen hinüber. Vielleicht sah es mehr aus wie ein schadenfrohes Lachen über die kleine Karambolage, aber das war ihr egal.

Bis auf die Schwestern und zwei Geschäftsmänner, jeder allein an seinem Tisch, war der Frühstücksraum leer. Mehr als ein Dutzend weitere Gäste würden hier sicher nicht eintreffen. Das Schlosshotel war am Ende, das war ein offenes Geheimnis. Das Einzige, was es am Leben hielt, war das Vermögen von Dalia Gutbauer. Das allerdings war ein wohlgehütetes Geheimnis.

Aber vielleicht nicht mehr lange. Einer der vielen Vorsätze, die Teresa Cutress für den Rest ihrer Tage gefasst hatte, war, ein Buch zu schreiben. Arbeitstitel »Die Schlossherrin«. Darin würde alles vorkommen, was sie über das Leben der skandal- und geheimnisumwobenen Industrieerbin Dalia Gutbauer wusste. Und wie viel das war, darüber würde sich die Welt und vor allem die Erbin selbst noch wundern. Es wäre das Ende der Dalia Gutbauer, wie die Öffentlichkeit sie kannte. Und auch das Ende ihres Inkognitos in der obersten Etage des Schlosshotels am See.

Man brachte ihr Ei mit Schinken. Es war so, wie sie es aus ihrer Jugend in Erinnerung hatte: Die Ränder der Spiegeleier braun von der heißen Butter, der Schinken an den Vertiefungen knusprig gewellt, elastisch an den Erhöhungen. Sie verschlang alles mit mädchenhaftem Appetit.

Ein dritter Geschäftsmann betrat den Frühstücksraum. Er ging nahe an ihrem Tisch vorbei, und sie konnte seine gerötete Haut und seine geschwollenen Lider sehen. So hatte Joe Cutress auch immer morgens ausgesehen, wenn er abends versackt war und sein Gesicht mit kalten Waschlappen gekühlt hatte. Sie konnte auch die Fahne aus zu viel Eau de Toilette, Knoblauch und Alkohol riechen.

Er suchte sich ein Tischchen aus, möglichst weit weg von denen der beiden anderen.

Wie froh sie war, nicht mehr mit einem Mann zusammenleben zu müssen.

Teresa Cutress bestellte sich einen zweiten Cappuccino und malte sich ihren Abschiedsbesuch bei Dalia Gutbauer aus. Ein Feuerwerk würde es werden. Mit einem kleinen Schlussbouquet.

5

Ein früher Frost im letzten Herbst hatte die Villa Schwarzacker zehn Rhododendren gekostet. Carlos hatte die Skelette ausgegraben und war dabei, sie mit der Schubkarre zum Kompostbereich zu fahren, wo er sie später häckseln wollte. Die neuen Pflanzen standen in ihren schwarzen Kunststofftöpfen einsatzbereit auf dem Gartenweg.

Carlos versuchte, sich mit Arbeit abzulenken. Aber es gelang ihm nur minutenlang. Immer wieder eilten seine Gedanken zu María zurück. Was Don John von seiner Begegnung mit der Römerin berichtet hatte, hinterließ in ihm zwiespältige Gefühle. Er hoffte, dass ihr Eingreifen – sofern man das Versenden einer SMS als Eingreifen bezeichnen konnte – dazu beitrug, dass María besser behandelt wurde. Aber die Nachricht, dass hinter der Entführung nicht Tino Rebler steckte, sondern der eigenmächtig handelnde entlassene Bodyguard, machte ihm große Sorgen.

Was ihn aber schier zur Verzweiflung brachte und all seine Versuche, sich mit den Aufgaben des Alltags abzulenken, scheitern ließ, war seine Hilflosigkeit. Wenn das, was er tat, wenigstens nicht nur seiner Ablenkung dienen würde, sondern ihrer Befreiung. Oder wenigstens ihrem Schutz. Wenn es bloß einen Hinweis gäbe, dem er nachgehen könnte. Und zwar nicht nur in Gedanken, sondern in der Wirklichkeit. Er würde alles darum geben, sie wenigstens suchen zu können. Aber wo?

Er hatte jetzt die letzte der erfrorenen Stauden weggebracht und begann, das Beet für die Pflanzung der neuen vorzubereiten. Er lockerte die Erde und mischte sie mit Torf, Kompost und Hornspänen.

So etwas wie »Allmen« meinte er bei ihrem Aufschrei am Telefon gehört zu haben. Aber was machte das für einen Sinn? Oder *alma*? Palma?

Auch bei der gescheiterten Übergabe hatte María etwas gerufen, das sie nicht verstanden hatten. Ebenfalls etwas mit A, wie Don John bestätigte.

Er klopfte die erste Staude aus ihrem Topf, stellte ihren Wurzelballen in einen Bottich mit Wasser und wartete, bis sie sich vollgesogen hatte.

Allmen? *Alma*? Palma?

Yalmha? Yalmha war ihm bislang nicht in den Sinn gekommen. Er kannte das Wort als kolumbianischen Frauennamen, María hatte ihn einmal erwähnt, er wusste nicht mehr, in welchem Zusammenhang. Eine Schauspielerin? Sängerin? Jedenfalls eine Prominente.

Carlos hob den Rhododendron aus dem Bottich und stellte ihn auf seinen Platz im Beet. Dann begann er, die nächste Pflanze auszutopfen. Mittendrin hörte er auf. Er eilte zum Gärtnerhaus zurück, zog die erdigen Arbeitsstiefel aus und lief in Socken die Treppe hinauf. Er schaltete seinen Computer ein und gab den Suchbegriff »Yalmha« ein.

Keine Schauspielerin, keine Sängerin, aber schon eine Berühmtheit. Eine traurige.

Sie war die neunzehnjährige Tochter eines Journalisten, der eine Reportage über kriminelle Banden in Bogotá veröffentlicht hatte. Sie wurde entführt und über ein halbes Jahr in der Tiefgarage eines Rohbaus festgehalten, gequält und missbraucht. Bei der Fertigstellung des Gebäudes wurde ihre Leiche gefunden. Das Schicksal der jungen Frau hatte das ganze Land bewegt und war in den Medien als *El Caso Yalmha* bekanntgeworden.

Yalmha! Carlos' Herz raste. Das war es, was María ihm zugerufen hatte. Was meinte sie damit? Dass sie gequält und missbraucht wurde wie Yalmha? Dass sie ebenfalls in der Tiefgarage eines Rohbaus festgehalten wurde? Oder beides?

Carlos rannte die Treppe hinunter und durch das kleine Wohn-Esszimmer zur Tür der Bibliothek. Er klopfte trotz der Eile an und wartete die eine Sekunde auf Don Johns: *»¡Adelante!«*

Don John saß mit einem Buch in seinem Lesesessel, das Handy griffbereit auf dem Beistelltisch.

»¿Qué pasa?«, fragte er, als er Carlos' Aufregung sah.

»En un garaje subterráneo«, rief er und erklärte atemlos, weshalb er fast sicher sei, dass sich María Moreno in der unterirdischen Garage eines noch nicht fertiggestellten Gebäudes befinde.

Noch während er Don John seine Theorie erläuterte, begann ihn sein Enthusiasmus zu verlassen. Er sah, wie sein Don sich Mühe gab, seine Skepsis mit gespielter Begeisterung zu überspielen, und es wurde ihm klar, wie dünn der Strohhalm war, an den er sich klammerte. Und selbst wenn: Wie viele unfertige Bauten mit Tiefgarage gab es in der Stadt? Und wer sagte, dass sie nicht außerhalb der Stadt lag?

Carlos verlor den Faden, und sein Redefluss versiegte wie die Musik aus einem alten Grammophon, das abgelaufen ist. Ratlos sah er seinen Zuhörer an.

Da tat Don John etwas Überraschendes: Er stemmte sich aus dem Sessel und sagte: *»Vámonos.«*

6

Wenn Carlos nicht gewesen wäre, hätte Allmen die Wartezeit im Bett verbracht. Er hatte die Erfahrung gemacht, dass dies der beste Ort war, die Zeit zu verbringen, wenn sie im Wachzustand nicht zu ertragen war.

Aber im Moment war es Carlos, der als der von der Katastrophe am direktesten Betroffene die Regeln bestimmte. Er glaubte, wie die meisten Menschen, deren Leben aus Arbeit bestand, dass man sich nur durch Aktivität von der Wirklichkeit ablenken könne.

Was für ein gewaltiger Irrtum! Nach Allmens Meinung gab es nichts, was weniger von der Wirklichkeit ablenkte als die Aktivität. Sie war die Verkörperung der Wirklichkeit.

Aber die verzweifelte Hoffnung, mit der Carlos ihm seine Yalmha-Theorie erklärt hatte, und seine Enttäuschung, als sie während des Erzählens immer fadenscheiniger wurde, hatten Allmen dazu bewogen, das bizarre Spiel mitzuspielen.

Deswegen saßen sie jetzt in Herrn Arnolds Cadillac und fuhren auf gut Glück und so systematisch wie möglich die Baustellen der Stadt ab.

Drei hatten sie schon hinter sich. Bei der ersten hatten sie sich im Baubüro, einem zweistöckigen Baucontainer, zu einer Besichtigung angemeldet. Allmen hatte einem Bauführer eine Visitenkarte von Allmen International Inquiries übergeben und erklärt, dass die Firma in eines der Büros hier einziehen werde und er seinem südamerikanischen

Geschäftspartner, Herrn de Leon, gerne die zukünftigen Räumlichkeiten zeigen würde, er sei nur kurz im Land.

Der Bauführer war etwas überrumpelt. Er sagte, normalerweise würden solche Baustellenbesuche vom Generalunternehmer angekündigt. Aber Allmens Auftreten war so souverän und selbstbewusst, dass er den Herren zwei gelbe Bauhelme überreichte und sie zu einer kurzen Führung mitnahm. Dass sie darauf bestanden, auch die Tiefgarage zu besichtigen, strapazierte seine Geduld ziemlich und führte dazu, dass er sie sich selbst überließ und zu dringenderen Aufgaben ins Baubüro zurückkehrte.

So bemerkte er nicht, dass die beiden Geschäftsmänner die Bauhelme mitgehen ließen.

Die gelben Helme erlaubten Allmen und Carlos, die nächsten Baustellen ohne Voranmeldung zu inspizieren. Der Cadillac verschaffte ihnen sogar so viel Respekt, dass sie jedes Mal von einem Arbeiter in einen geeigneten Parkplatz eingewiesen wurden.

Sie stiegen aus, Carlos selbständig, Allmen, nachdem Herr Arnold ihm die Tür geöffnet hatte, und gingen zielstrebig zu dem Bau. Die Arbeiter sahen kurz auf und verdoppelten ihre Anstrengungen, um bei der Inspektion einen guten Eindruck zu hinterlassen.

Die Tiefgaragen sahen alle gleich aus: große, niedrige, mit Betonsäulen abgestützte Hallen, je nach Bauphase mit Baumaterial, Werkzeug und Baumaschinen zugestellt oder bereits etwas aufgeräumt und mit mächtigen Lüftungskanälen aus verzinktem Blech versehen.

Türlose Öffnungen führten in Treppenhäuser und Keller, zukünftige Waschküchen und Räume für Heizungen, Haustechnik und Liftmotoren. Die meisten besaßen noch keine Türen, aber manchmal waren sie behelfsmäßig mit Spanplatten versperrt. Wenn Allmen und Carlos auf solche trafen, klopften sie, und Carlos rief: »*¿María mi vida?*«

Herr Arnold, der die Stadt von Kindheit an kannte, fuhr, ohne Fragen zu stellen, systematisch Straße für Straße ab und hakte auf seinem Stadtplan jede schon abgefahrene pedantisch mit einem roten Kugelschreiber ab.

Als er verkündete, dass sie mit dem ersten Stadtkreis durch seien, ruhten die Arbeiten auf den Baustellen bereits. Allmen hatte gehofft, dies wäre die Gelegenheit, das sinnlose Unterfangen abzubrechen. Aber Carlos ließ keinen Zweifel daran, dass er fest entschlossen war, bis zum Einbruch der Dunkelheit weiterzumachen.

Die Baustellen waren jetzt verlassen, nur hier und da versah ein einsamer Arbeiter in einem Bauwagen noch Wachdienst. Aber bei keinem erregten die beiden Bauinspektoren Misstrauen. Ungestört konnten sie ihre Tiefgaragen kontrollieren.

Die Dämmerung war schon weit fortgeschritten, als sie bei der großen Baustelle am Rande eines Industrieviertels eintrafen. Das Bauschild zeigte ein zwölfstöckiges Gebäude mit Schaufenstern im Erdgeschoss und einer verglasten Fassade, die in einem Teil des Gebäudes von begrünten Balkonen durchbrochen war. Stilisierte Fußgänger promenierten vor den Schaufenstern, und ein Text in großen Lettern bot Büros, Läden und Eigentumswohnungen an.

Der Bau war noch eingerüstet und hatte noch nicht seine vorgesehene Höhe erreicht. Eine Rampe führte in die Tiefgarage.

Carlos ging voraus wie jedes Mal, wenn sie eine neue Tiefgarage betraten. Aber diesmal, so schien es Allmen, tat er es zielstrebiger als sonst. Er kam ihm angespannter vor, als hätte er eine Vorahnung. Und diese Anspannung übertrug sich auf Allmen, der bisher meistens mit schlecht gespieltem Einsatz hinterhergetrottet war.

An den Wänden der Halle befanden sich mehrere Türöffnungen. Zwei führten in Treppenhäuser, zwei in Liftschächte, vier weitere in gefangene Räume.

Carlos steuerte auf einen der Treppenhauseingänge zu. Neben der Treppe führte ein Korridor durch ein verzweigtes System von Kellerräumen.

»Aquí está«, flüsterte Carlos und ging weiter. Für Allmen deutete nichts darauf hin, dass María Moreno hier versteckt sein könnte, aber er folgte Carlos' Maya-Instinkt mit klopfendem Herzen.

Vor einer behelfsmäßigen Tür blieb er stehen. Sie war mit einem Vorhängeschloss gesichert. Carlos legte den Finger an die Lippen und bedeutete Allmen, hier zu warten.

Der Korridor war düster. Die restliche Dämmerung, die ein paar Meter entfernt aus einem Lichtschacht kroch, war die einzige Lichtquelle. Es roch nach Zement und Feuchtigkeit. Die Vorstellung, dass María jenseits dieser Tür gefangen sein könnte, ließ ihn schaudern. Und die Möglichkeit, dass sie bewacht sein könnte, machte ihm Angst.

Zu seiner Erleichterung kam Carlos zurück. Er hatte ein rostiges Armierungseisen bei sich, das er jetzt unter den Riegel schob, an dem das Vorhängeschloss hing. Er presste den Mund gegen den Türspalt und rief halblaut: *»¿María mi vida?«*

Als er keine Antwort bekam, zog er am Hebel. Mit einem knirschenden Geräusch lösten sich die Schrauben aus dem Holz.

In dem Raum stapelten sich Kabelrollen, Sicherungskästen, Kisten mit Schaltern, Steckdosen, Verteilerkästen, Leuchtkörpern. Die Elektroinstallateure hatten den Raum als Lager in Beschlag genommen.

Carlos sah in jeden Winkel und hinter jeden Stapel, obwohl es offensichtlich war, dass María sich nicht hier befand. Er wollte es seinem Patrón noch einen Moment ersparen, dass der sein Gesicht sah.

Als sie aus der Tiefgarage herauskamen, war es fast dunkel geworden. Auf der Fahrt zurück zur Villa machte Allmen zwei Anläufe, um Carlos von der Sinnlosigkeit dieses Vorgehens zu überzeugen. Aber dieser blieb entschlossen, die Suche am nächsten Tag fortzusetzen. *Solito*, wenn es sein müsse, allein.

Sobald sie das kleine Vestibül des Gärtnerhauses betraten, fragte Allmen: »Carlos?«

»*¿Qué manda*, Don John?«

»Wenn wir auf die Entführer gestoßen wären, was hätten wir gemacht?«

Carlos öffnete das Jackett und zog einen schweren Revolver aus dem Hosenbund.

Allmen erschrak. »Wo haben Sie das her, Carlos?«

»*Amigos.*«

»Keine Papiere, aber ein Revolver! Eine sehr explosive Mischung, Carlos.«

7

Am nächsten Morgen wurde Allmen noch vor dem Tee von seinem Handy in die Wirklichkeit zurückgeholt. Er hatte es an das Ladekabel angeschlossen und auf den Nachttisch gelegt, was er normalerweise nicht tat. Aber einen Tag vor dem Geiselaustausch rechnete er jederzeit mit einem Anruf der Entführer und den Angaben für den Treffpunkt.

Doch es war Severin Erlbaum. »Kommen Sie«, sagte er dumpf.

»Gibt es ein Problem mit dem Bild?«

»Kommen Sie«, wiederholte Erlbaum.

Beinahe hätte Allmen gegen sein Prinzip verstoßen, nie ungeduscht, unrasiert oder im Anzug vom Vortag aus dem Haus zu gehen. Aber er widerstand der Versuchung und widmete seiner Morgentoilette und Garderobe die übliche Sorgfalt. Wenn auch nicht die übliche Zeit.

Carlos erwartete ihn ungeduldig. Er hatte das Klingeln gehört und ging davon aus, dass die Entführer sich gemeldet hatten. Es gab niemanden im Bekanntenkreis von Don John, der um diese Zeit anrief. Und dass er gleich darauf ins Bad ging, anstatt darauf zu warten, dass Carlos ihm den *early morning tea* brachte, konnte nur bedeuten, dass etwas vorgefallen war.

In der vergangenen Nacht hatte er ein wenig geschlafen. Die Suche nach María hatte ihn ermutigt, obwohl sie erfolglos verlaufen war. Wenigstens taten sie etwas. Wenigstens kämpften sie. Am Abend nach der Rückkehr hatte er *frijoles*, Tortillas und *guacamole* gekocht und gemeinsam mit Don John gegessen. Etwas, was sie sonst nie taten. Nicht wegen Don John, seinetwegen. Er hatte gelernt, dass es sich nicht gehört, wenn der Herr mit dem Diener isst.

Sie hatten den Plan studiert und die Reihenfolge der Stadtkreise festgelegt, die sie am nächsten Tag abklappern wollten. Herr Arnold war auf halb neun bestellt.

Kurz vor sieben rief Don John durch den Türspalt, Carlos solle Herrn Arnold früher bestellen. So bald wie möglich. Kurz nach sieben kam er heraus.

Bevor Carlos seine Frage stellen konnte, sagte Don John: »Es ist etwas mit dem Bild, Erlbaum hat angerufen.«

»*¿Qué cosa?*«, fragte Carlos erschrocken.

»Ich weiß es nicht. Er hat nur gesagt, ich solle kommen. Es klang dringend.«

Allmen aß im Stehen einen Toast und nippte an seinem zu heißen Tee, als es klingelte. Fünf Minuten später saß er im Fond des Fleetwood. Es roch nach dem unaufdringlichen Rasierwasser von Herrn Arnold und dem Mittel, mit dem er die roten Lederpolster geschmeidig hielt.

Das Häuschen, in dem sich Severin Erlbaums Atelier befand, stammte aus der Zeit, als die Haustüren noch Glasscheiben besaßen, die mit Schmiedeeisen mehr verziert als gesichert waren. Das Erste, was Allmen auffiel, war das Stück Pappkarton, das an die Scheibe geklebt war. An der Stelle, die der Türklinke am nächsten war.

Der Restaurator öffnete ihm. Seine wenigen Haare standen kreuz und quer, sein Backenbart war verstrubbelt, und daneben wuchsen Stoppeln. »Schauen Sie«, sagte er und zeigte auf das Türschloss. »Der hat die Scheibe eingeschlagen, reingefasst und den Schlüssel umgedreht. *Voilà*, drin war er. Kommen Sie.«

Allmen folgte ihm mit angehaltenem Atem in den großen Atelierraum. Erlbaum deutete mit theatralischer Geste auf die leere Staffelei. »Weg!«

Allmen hatte das Gefühl, dass ihm das Blut aus den Beinen wich. »Was sagen Sie da? Das Bild wurde gestohlen?«

»So ist es.«

»Weshalb hat der Schlüssel denn im Schloss gesteckt?«

»Das mache ich immer so. Zur Sicherheit.«

»Und wo waren Sie?«

»Im Haus.«

»Und Sie haben nichts bemerkt?«

Severin Erlbaum verteidigte sich wütend. »Ich habe mich ein wenig hingelegt. Der Mensch braucht seinen Schlaf. Früher konnte ich das, achtundvierzig Stunden wach bleiben. Aber jetzt nicht mehr. Ich bin zweiundsechzig! Ob Sie's glauben oder nicht!«

Allmen hatte keine Mühe, es zu glauben.

»Vier meiner Besten sind auch weg«, klagte Erlbaum.

Erst jetzt fiel Allmen auf, dass sich der Bilderschmuck an den Wänden ein wenig gelichtet hatte. Ein paar leere Stellen mit Bilderhaken waren zu sehen.

»Da waren Experten am Werk«, stellte der Künstler anerkennend fest. Er überreichte Allmen eine rosarote Ablagemappe. Sie enthielt Fotos von vier surrealistischen Gemälden in dem Stil, wie sie an den Wänden hingen. Blühendes in Winterlandschaft, Schneebedecktes in tropischer Umgebung et cetera.

»Ein Zyklus. Die vier Jahreszeiten. Meine besten Arbeiten.«

Allmen betrachtete die Bilder höflich und faltete die Mappe wieder zu. »Schade«, sagte er, »wirklich«, und wechselte das Thema. »Haben Sie irgend jemandem von den Dahlien erzählt?«

Erlbaum schüttelte entschieden den Kopf.

»Oder hat jemand das Bild gesehen?«

»Möglich, dass ein Kunde es vom Laden aus gesehen hat. Von dort aus hat man Einblick ins Atelier. Ich mache die Tür nicht jedes Mal zu, wenn ich Kundschaft habe.«

»Das hätten Sie in diesem Fall aber tun sollen«, stellte Allmen etwas unwirsch fest. »Haben Sie die Polizei benachrichtigt?«

Allmens Frage mochte etwas besorgt geklungen haben, denn Erlbaum winkte beschwichtigend ab. »Ich wollte mich zuerst mit Ihnen absprechen. Der Diskretionsaspekt, Sie verstehen.«

Allmen verstand. Und wusste, was jetzt kam.

»Falls ich auf eine Anzeige verzichte, stellt sich natürlich die Versicherungsfrage. Ohne Anzeige zahlt sie selbstverständlich nicht.«

Allmen nickte nur abwesend. Er hatte jetzt andere Sorgen. Konnte das Zufall sein? Hatte ein Gelegenheitseinbrecher ein paar Bilder mitgehen lassen und dabei einen Fantin-Latour erwischt? Oder steckten die Leute dahinter, die es auf das Bild abgesehen hatten? Aber würden die auch noch ein paar der schrecklichen Erlbaums mitgehen lassen? Vielleicht als Tarnung? Oder hatte Erlbaum den Einbruch einfach genutzt, um noch etwas mehr Geld herauszuholen?

Allmen fiel auf, dass es plötzlich still geworden war, als warte Erlbaum auf eine Antwort.

»Wie bitte?«, fragte er.

»Viel ist es nicht. Neunzigtausend. Alle vier. So viel, wie Sie mir als zweite Rate für die Restaurierung noch schulden. Darunter kann ich es nicht machen, das müssen Sie verstehen. Sonst muss ich den Schaden melden. Mit allen erwähnten Implikationen, Sie verstehen.«

»Sie lassen sich das Bild stehlen, und ich bezahle die Restaurierung trotzdem?« Irgendwo hatte selbst Allmens Gleichgültigkeit in Geldfragen ihre Grenzen.

»Nein, nein«, versicherte Erlbaum, »die zweite Rate der Restaurierungskosten schenke ich Ihnen selbstverständlich. Die neunzig sind für die vier Bilder. Das ist weit unter Marktwert.«

Allmen winkte ab und ließ ein verächtliches »Okay« vernehmen.

»Das heißt, Sie sind einverstanden? Neunzig?«

Allmen nickte. Er hielt immer noch das rosa Mäppchen mit den Fotos der vier gestohlenen Erlbaums in der Hand und streckte es ihm jetzt hin.

Erlbaum winkte ab. »Die können Sie behalten, ich habe Kopien.«

Allmen bewegte sich auf den Ausgang zu.

»Halt, halt. Die Zahlungskonditionen haben wir noch nicht besprochen.«

Allmen ging weiter, Erlbaum folgte ihm. »Zahlbar bei Nichtanzeige des Einbruchs.«

8

Dalia Gutbauer hatte eine schlechte Nacht. Das Fieber war über neununddreißig gestiegen, ihr Puls war zu schnell, ihr Blutdruck zu hoch, sie hatte Schüttelfrost und Atemnot. Gegen Mitternacht hatte die Nachtschwester Dr. Kersthuber gerufen. Dieser legte ihr eine Infusion mit Antibiotika und schloss sie an das Beatmungsgerät an. Ab zwei Uhr morgens befand sich auch Cheryl Talfeld im Zimmer. Madame hatte sie rufen lassen.

Cheryl war dabei gewesen, als ihre Mutter gestorben war. Sie hatte damals schon bei Dalia Gutbauer hier im Hotel gewohnt, und ihre Schwester hatte sie angerufen, als sie gerade beim Abendessen waren.

»Beeilen Sie sich«, hatte Madame Gutbauer gesagt. »Ich war nicht dabei, als mein Vater starb, und ich bereue es noch heute.«

Es war eines der wenigen Male gewesen, dass Dalia Gutbauer ihr einen kleinen Einblick in ihr

Inneres gewährte. Und überhaupt das einzige Mal, dass sie zu verstehen gab, irgendetwas in ihrem Leben zu bereuen.

Die Atmosphäre im Sterbezimmer ihrer Mutter war die gleiche gewesen, wie sie jetzt in diesem Raum herrschte. Cheryl war sich sicher, dass ihre Chefin den nächsten Morgen nicht erleben würde.

So endete also das Leben dieser seltsamen Frau. Umgeben von Medizinern und Personal. Niemand, der sie liebte. Die nächste Angehörige ihre langjährige persönliche Assistentin, die mit betroffener Miene innerlich freudig Pläne schmiedete.

Dalia Gutbauer war jetzt an die Überwachungselektronik angeschlossen, die der Doktor in weiser Voraussicht hatte herbeischaffen lassen. Cheryl Talfeld war darauf gefasst, dass deren Piepsen verstummte oder in einen anhaltenden Ton überging.

Sie konnte nicht auf die Uhr blicken, aber die Nachtschwester hatte ihre Armbanduhr mit einer Sicherheitsnadel an die Schürze geheftet. Auf diese konnte Cheryl ab und zu einen verstohlenen Blick werfen.

Kurz nach sechs, zur gleichen Zeit, als Allmen von Severin Erlbaums Anruf geweckt wurde, verweigerte Dalia Gutbauer die Sauerstoffmaske und sagte: »Es geht mir wieder gut.«

Das war zwar etwas übertrieben, aber alle Überwachungsgeräte zeigten tatsächlich eine Besserung ihres Zustands an. Sie schickte den Arzt und die Schwester hinaus und bat Cheryl, zu bleiben, bis sie eingeschlafen war. »Holen Sie sich einen Stuhl, und setzen Sie sich zu mir«, befahl sie.

Cheryl gehorchte. Wie fast immer in den letzten zweiundzwanzig Jahren.

»Wollen Sie das Hotel?«, fragte Dalia Gutbauer.

Cheryl war so überrascht, dass sie sagte: »Das Schlosshotel?«

»Ich habe kein anderes. Soviel ich weiß.« Sie ließ ihr kurzes trockenes Lachen hören. »Sie schmeißen die Dauergäste raus und stecken ein paar von Ihren Millionen rein, die Sie gehortet haben. Sie können das.«

Da hatte sie recht, sie konnte das. Wie oft hatte sie das Schlosshotel in Gedanken schon saniert. Von der sanften Renovierung bis zur Auskernung hatte sie alle Varianten durchgespielt. Und immer wurde das Hotel zu einer Goldgrube. Mit Bar, Brasserie, Gourmetrestaurant und dem luxuriösesten Spa der Stadt. »Ja, ich glaube, ich könnte das«, gab sie zur Antwort.

»Gut. Ich habe das nämlich so im Testament.«

»Das hat ja noch viel Zeit«, lächelte Cheryl scheinheilig.

»Trotzdem wollte ich es Ihnen gesagt haben. Zwei Bedingungen gibt es. Wollen Sie sie hören?«

Ohne Cheryls Antwort abzuwarten, fuhr sie fort: »Sie dürfen das Hotel nicht verkaufen. Das steht so im Testament. Und Sie müssen mir einen kleinen persönlichen Gefallen tun. Der steht nicht im Testament.«

»Einverstanden«, sagte Cheryl Talfeld, ohne zu fragen, worin der kleine Gefallen denn bestünde. Sie war, wie sie Herrn von Allmen kürzlich gestanden hatte, eben ein bisschen käuflich.

9

Bei María Moreno überstürzten sich die Ereignisse. Sie hatte zwar einen genauen Plan, aber sie war nicht darauf vorbereitet, ihn so früh ausführen zu müssen. Daher war sie trotz minutiöser Vorbereitung auf ihr Improvisationstalent angewiesen.

Bereits als es zu dämmern begann, hörte sie die Schritte, und unmittelbar darauf ging die Tür auf, und Due kam herein. Sofort wurde ihr klar, dass er die frühe Stunde gewählt hatte, um ohne Julio zu kommen.

Sie lag noch im Schlafsack und wollte den Reißverschluss öffnen, aber er stand schon neben ihr, kauerte sich zu ihr herunter, stieß ihre Hand weg und zog am Reißverschluss.

Sie schaffte es, ihn anzulächeln.

Due hielt überrascht inne und erwiderte ihr Lächeln.

Sie lächelte wieder und tätschelte die Matratze neben sich. Er sah sie verwirrt an, zögerte und setzte sich.

María deutete auf die Fadenreste der beiden Blusenknöpfe, die er abgeschnitten hatte, und öffnete den Knopf darunter.

Jetzt stieß er ein rauhes Lachen aus. *»Puttana!«*

Wieder lächelte sie süß und tapfer.

Dann übernahm sie das Kommando. Sie küsste seinen verblüfften, stoppeligen Mund und stand auf. Sie öffnete die Bluse ganz und ließ sie fallen. Sie kauerte zu ihm nieder und schubste ihn mit verheißungsvollem Lächeln. Beim ersten Mal leistete er Widerstand, beim zweiten Mal auch, aber beim dritten Mal ließ er sich auf die Matratze fallen.

Sie öffnete seine Hose (Carlos, *mi amor*, verzeih mir!) und griff ihm zwischen die Beine. Due stöhnte und schloss die Augen.

María ließ los und setzte sich rittlings auf seine Brust. Sie öffnete den BH und streifte ihn ab. Wieder berührte sie ihn kurz zwischen den Beinen, dann stützte sie sich mit beiden Händen auf die Matratze neben seinem Kopf und ließ ihre Brüste über sein Gesicht streifen.

Due stöhnte, und sie stöhnte mit, um das Geräusch zu übertönen, das vielleicht dabei entstand, wenn sie die Drahtschlinge vorsichtig unter der Matratze hervorzog.

María richtete sich auf, schob die rechte Hand unter seinen Nacken, hob seinen Kopf ein wenig an und küsste ihn.

Blitzschnell stülpte sie die Schlinge über seinen Kopf, sprang auf und zog mit aller Kraft.

Er machte kein Geräusch, griff sich nur an den Hals und versuchte, das Kabel zu fassen. Aber María hielt es so straff, dass er keinen Finger dazwischenbekam. Er schaffte es aufzustehen und ging auf sie los, aber der Draht war lang, und es gelang ihr, Distanz zu halten. Er fiel auf die Knie, griff hinter sich an seinen Hals und bekam den Draht zu fassen, dort, wo er von der Schlaufe zu María führte.

Beide zogen um ihr Leben.

10

Carlos erwartete ihn ungeduldig im Vestibül. Er war wieder gekleidet wie der mittelamerikanische Geschäftsmann bei der Besichtigung einer Immobilie. »*¿Qué pasó?*«, fragte er, noch bevor er Allmen ganz hereingelassen hatte.

»*Hay un pequeño problema*«, begann Allmen. In Guatemala konnte »ein kleines Problem« jede nur vorstellbare Dimension haben, und so verstand es Carlos auch. »Das Bild wurde gestohlen.«

»*¡Dios!*«, entfuhr es Carlos. »Wann?«

»Heute Nacht. Während er schlief.«

»*¡Qué idiota! ¿Y entonces qué?*«, fragte Carlos.

Allmen gab ihm die Antwort, die er sich auf der Rückfahrt zurechtgelegt hatte: »Ich bin fast sicher, dass die Entführer dahinterstecken. Das würde bedeuten, dass sie das Bild haben. Und das wiederum, dass María keine Bedeutung mehr für sie hat.«

Carlos, der den Kopf gesenkt hatte, hob den Blick.

»Es würde mich nicht wundern, wenn wir bald einen Anruf erhielten.«

Kurz darauf klingelte sein Handy. Aber es waren nicht die Entführer. Es war Dalia Fioriti.

»Falls du immer noch Dario suchst: Einer von Tinos Bauführern hat ihn gestern von einer Baustelle weggeschickt.«

Allmen erstarrte. »Welche Baustelle?«

»Sie heißt …« Sie las es in schlechtem Deutsch vor: »Uberbauung Sonnpark. Irgendwo im Westen. *Ciao*.«

Sie beendete das Gespräch.

Allmen war fest entschlossen gewesen, Carlos die Fortsetzung der Tiefgaragentournee auszureden. Aber jetzt sagte er: *»¡Vámonos!«*

»¿Qué pasó?«

»Ich erzähle es Ihnen unterwegs. Haben Sie das Ding Ihres Freundes dabei?«

Carlos nickte und öffnete das Jackett. Dort steckte die Waffe.

Herr Arnold kannte die Überbauung Sonnpark. Das Projekt war jahrelang ein Politikum gewesen, denn eine kleine Einfamilienhaussiedlung hatte ihm weichen müssen. Mehrere Nachbarn hatten Einspruch erhoben, aber vergeblich.

Auf dem Werbeschild mit dem Logo »Sonnpark« figurierte als Generalunternehmer die Firma Rebler + Rebler.

Allmen und Carlos setzten ihre Bauhelme auf und stapften am Baucontainer vorbei. Durchs Fenster sahen sie einen Mann über Pläne gebeugt. Als er aufblickte, bedeutete Allmen ihm, dass er nachher bei ihm reinschauen werde. Der Mann nickte und wandte sich wieder seinen Plänen zu.

Die Tiefgarage unterschied sich kaum von all den anderen, die sie am Tag zuvor gesehen hatten. Auch hier lag Baumaterial herum: Isoliermatten, die vor dem Regen geschützt wurden, Gerüststangen und -planken, Gipsplatten, PVC-Rohre und so weiter. Und auch hier führten türlose Öffnungen in Gänge, Treppenhäuser und Kellerräume. Carlos übernahm wieder die Führung. Aber er ging weniger zielstrebig voraus als beim letzten Mal.

Der erste Korridor führte an leeren Kellerräumen vorbei zu einer Treppe. Sie führte in zwei Wendungen durch einen Betonschacht ins Freie. Auf ihrem untersten Absatz hatte sich Regenwasser gesammelt.

Nach ein paar Metern im zweiten Korridor verlangsamte sich Carlos' Schritt. Er wandte den Kopf zu Allmen und legte den Finger an die Lippen.

Allmen hatte auch bemerkt, dass etwas anders war. Vielleicht der Geruch?

Ein zweiter Korridor kreuzte den ersten. Carlos bog ohne zu überlegen links ab. Sie stießen auf eine grob zusammengenagelte Bretterwand, die den Gang versperrte. Carlos zog sie an einer Seite etwas zurück, bis sich ein Durchgang für sie ergab.

Es roch seltsam. In den Geruch von Feuchtigkeit und Zement mischte sich noch etwas anderes. Als näherten sie sich einer menschlichen Behausung. Früchte? Blumen? Kanalisation? Rauch? Essen?

Sie erreichten eine provisorische Tür. Sie hatte einen Riegel, an dem ein Vorhängeschloss hing.

Das Schloss war offen.

Carlos zog den Revolver aus dem Hosenbund und entsicherte ihn so selbstverständlich, als handle es sich um ein Gartengerät.

Er sah sich nach Allmen um, nickte, als wollte er bestätigen, dass auch er für den Sturm bereit sei, riss die Tür auf und war drin.

Allmen folgte vorsichtig.

Matratze, Schlafsack, Wolldecke, alles zerwühlt. Eine Einkaufstüte mit leeren Fertigpackungen, leere und volle Mineralwasserflaschen. In einer Ecke ein umgekippter Eimer, der als Toilette gedient hatte; ein paar Rollen WC-Papier, Elektrodraht.

Carlos bückte sich und hob etwas auf. »María«, sagte er und zeigte seinen Fund. Es war ein stoffüberzogener Knopf. Der Stoff war gemustert wie eine von Marías Blusen.

11

Er musste dem Detektivwachtmeister Gobler zugutehalten, dass er nicht fragte: »Warum sind Sie nicht früher gekommen?«

Allmen saß in einem kleinen Büro in der Hauptwache. Auf einem brusthohen Aktenschrank standen ein paar Auszeichnungen von internationalen

Polizeiwettkämpfen, und darüber hingen Fotos, die Gobler im Sportdress zeigten. Der Mann, der am Schreibtisch ihm gegenübersaß, war inzwischen älter geworden und nicht mehr in Wettkampfform.

Etwas abseits, auf einem altmodischen Drehstuhl, saß eine sehr blonde Frau. Sie war ihm als Gefreite Wertlinger vorgestellt worden und mochte Ende zwanzig sein. Sie hatte seit der Begrüßung nicht gesprochen und die irritierende Angewohnheit, den Drehstuhl, auf dem sie saß, hin und her zu bewegen.

Allmen wusste nun wieder, weshalb er sich bisher so leicht von Carlos davon hatte abbringen lassen, die Polizei hinzuzuziehen: aus Gründen des Stils. Ein privater Fahnder, vor allem einer auf dem Gebiet der Kunst, wandte sich nicht an die Behörden. Erstens, weil es das Eingeständnis der eigenen Unterlegenheit war, die ultimative Kapitulation. Und zweitens, weil es ihn mit einem Mal in eine Welt aus Biederkeit, Obrigkeitsdenken und lustig bemalten Kaffeetassen versetzte.

Herr Arnold hatte sie direkt von der Überbauung Sonnpark zur Hauptwache gefahren. Dort war Allmen ausgestiegen, und Herr Arnold hatte Carlos nach Hause gefahren, damit dieser die Spuren seiner Anwesenheit im Gärtnerhaus beseitigen konnte. Solange es sich vermeiden ließ, sollte er nicht in

Erscheinung treten. Aus migrationstechnischen Gründen, wie Allmen es nannte.

Auf der Hauptwache war er zum Schalter gegangen und hatte gesagt: »Ich möchte eine Entführung anzeigen.« Sofort war professionelle Hektik aufgekommen, und bald wurde er in dieses Büro geführt. Auf einem Aluminiumschild an der Tür stand »Interventionseinheit Puma«.

Allmen erzählte alles, was er für unumgänglich hielt. Das Verschwinden der Dahlien und Dalia Gutbauers Wiederbeschaffungsauftrag an Allmen International Inquiries. Die Rolle, die Tino Rebler beim Verschwinden und die, die Claude Tenz bei der Wiederbeschaffung gespielt hatte. Er erwähnte seinen Verdacht, dass Reblers Gorillas sowohl mit Tenz' Tod als auch mit der Entführung von María Moreno zu tun hatten. Über die Beträge, die im Spiel waren, verlor er kein Wort. Und auch den Grund für Reblers Interesse an Fantin-Latours Dahlien ließ Allmen unerwähnt. Vielleicht hatte er sich doch ein bisschen in die römische Dalia verguckt.

Dalia Gutbauer hingegen schützte er nicht. Er erzählte, auf welche Art sie das Bild beschädigt hatte und dass daran der erste Übergabeversuch gescheitert sei. Diesen beschrieb er ausführlich, immer darauf bedacht, dass ihm nie ein »wir«

anstatt einem »ich« herausrutschte. Auch Herrn Arnold ließ er vorläufig aus dem Spiel. Er hatte vor, später mit ihm ihre Versionen abzustimmen, bevor die Polizei ihn befragte.

»Das kommt davon, wenn man glaubt, man kann auf die Polizei verzichten«, sagte die blonde Detektivin schnippisch. Sie war Allmen schon auf die Nerven gegangen, bevor sie den Mund aufgemacht hatte.

Gobler ging es offenbar ähnlich. Er warf ihr einen kurzen gereizten Blick zu und wandte sich wieder an Allmen.

»Und weil das Bild beschädigt war, haben Sie sich dann entschlossen, sich trotzdem an uns zu wenden.«

Allmen seufzte. »Nein, nicht direkt. Ich hatte im Sinn, das Bild restaurieren zu lassen und einen zweiten Übergabetermin zu vereinbaren.«

»Aber?«

»Das Bild wurde gestohlen.« Allmen erzählte von Severin Erlbaum und dem Einbruch.

»Verstehe«, nickte der Wachtmeister, »deshalb.«

»Nein. Ich hatte da noch nicht aufgegeben. Gestern hatte ich begonnen, die Tiefgaragen von Rohbauten abzusuchen. Heute Morgen habe ich die Suche fortgesetzt.«

»Weshalb Tiefgaragen von Rohbauten?«

Allmen erzählte ihm die Geschichte von Yalmha.

»Wie schreibt man das?«, unterbrach ihn die Gefreite. Allmen buchstabierte es ihr. Dann fuhr er fort: »Heute hatte ich die Idee, die Baustellen von Rebler + Rebler zu kontrollieren. In der Tiefgarage der Überbauung Sonnpark hatte ich Erfolg.«

»Inwiefern?«

Allmen erzählte ihm von dem verlassenen Verlies und gab ihm Marías Blusenknopf.

Die Blonde nahm den Telefonhörer und wählte eine Nummer.

»Wen rufst du an?«, fragte ihr Vorgesetzter.

»Die Zentrale. Sie sollen eine Streife schicken.«

Gobler schüttelte den Kopf. »Einen Zivilen. Als Bauarbeiter. Ohne Aufsehen.«

»Nichts, ich melde mich später«, sagte sie in die Sprechmuschel und legte auf. Ein wenig beleidigt.

»Das Bild ist weg, die Geisel ist weg. Deshalb jetzt die Polizei?«

»Deshalb.«

»Na, dann los.«

12

Severin Erlbaum war sich sicher gewesen, dass Allmen den Diebstahl nicht anzeigen würde. Deswegen war er völlig überrumpelt, als die blonde Kundin und ihre zwei Begleiter sich als Kriminalbeamten auswiesen.

»Was führt Sie zu mir?«, fragte er.

Die Frau antwortete: »Der Einbruchdiebstahl.«

»Ich habe keinen gemeldet.«

»Aber ein Kunde von Ihnen.« Sie zeigte ihm ein Foto der Dahlien. »Dieses hier von …« Sie las auf der Rückseite: »Henri Fantin-Latour. Und vier weitere Werke von Ihnen.« Sie hielt ihm eine Sichthülle mit den vier Fotos von Erlbaums Jahreszeitenzyklus hin, die Allmen der Polizei überlassen hatte.

»Stimmt«, sagte Erlbaum etwas kleinlaut.

»Und weshalb wollten Sie keine Anzeige machen?«

»Der Kunde legte Wert auf absolute Diskretion.«

»Und Ihre eigenen Werke?«

»Ach«, sagte der Restaurator leichthin, »die sind nicht so bedeutend.«

Einer der Beamten öffnete einen Koffer und nahm ein Päckchen Silikonhandschuhe heraus. Er gab seinem Kollegen ein Paar und zog sich selbst welche an. Dann entfernte er den Pappkarton, der über der zerbrochenen Scheibe der Eingangstür klebte. Der andere fragte Erlbaum: »Und die Scherben? Haben Sie die noch?«

Erlbaum ging zu einem Papierkorb und entnahm

ihm eine Zeitung, die er dem Mann überreichte. Dieser faltete sie auf und hielt einen der Glasscherben ans Licht. »Als Erstes brauchen wir Ihre Fingerabdrücke. Zum Vergleich.«

Der Beamte, der nicht mit der Tür beschäftigt war, packte ein Fingerabdruck-Set aus und nahm Severin Erlbaums Abdrücke.

»Wenn Sie einverstanden sind«, sagte die Gefreite Wertlinger, »können wir das Protokoll aufnehmen, während meine Kollegen mit der Spurensicherung beschäftigt sind.«

Es blieb Erlbaum nichts anderes übrig, als einverstanden zu sein. Sie setzten sich an einen der Maltische, die Detektivin packte einen Laptop aus und begann mit ihren Fragen.

Während Erlbaum dramatisch schilderte, wie er sich ein wenig hingelegt habe und nach dem Aufwachen das Fehlen der Bilder bemerkt habe, blickte er immer wieder an der Beamtin vorbei zu den beiden Spurensicherern. Der eine hatte jetzt die Untersuchung der Tür beendet und sich die Staffelei vorgenommen. Der andere ging im Raum herum, blickte unter Tische, hinter Materialschränke und in Zeichnungsmappen.

»Was sucht er?«, fragte Erlbaum die Polizistin.

Sie sah sich nach dem Kollegen um, antwortete: »Spuren«, und setzte die Befragung fort.

Kurz darauf kam der Kollege an den Tisch und bat sie um das Sichtmäppchen mit den Severin Erlbaums. Er nahm sie mit zu einem Schrank, dessen Türen er geöffnet hatte.

Erlbaum sah nervös zu ihm hinüber.

»Kannst du mal kommen?«, rief er.

Die Gefreite stand auf und ging zu ihm hinüber. Erlbaum hörte den Beamten sagen: »Ich verstehe ja nichts von Kunst, aber die hier sehen verdammt ähnlich aus wie die auf den Fotos.«

Der Restaurator tat, als würde er nichts von dem Gespräch mitbekommen.

»Herr Erlbaum!«, rief die Blonde, »können Sie bitte mal hierherkommen?«

»Okay, okay«, maulte der Künstler, noch bevor er die beiden erreicht hatte. »Aber ich habe es ja nicht der Versicherung gemeldet, es ist also kein Betrug.«

Sie nahmen den Jahreszeitenzyklus aus dem Schrank, wo er nur von ein paar Kartons und Leinwandrollen verdeckt gewesen war, und lehnten die vier Bilder nebeneinander an die Wand.

»Weshalb haben Sie behauptet, die Bilder seien auch gestohlen worden?«, fragte die Gefreite Wertlinger scharf.

Severin Erlbaum überlegte. Dann antwortete er kleinlaut: »Wenn sie schon niemand kauft.«

Kurz darauf traf Verstärkung ein und stellte bei »Restaurierungen, Vergoldungen, Konservierungen Severin Erlbaum« alles auf den Kopf.

Der Restaurator saß schicksalsergeben inmitten des Tohuwabohus und sagte immer wieder: »Die Dahlien sind gestohlen, wenn ich es Ihnen sage. Sie werden sie nicht finden.«

Zwei Stunden später gaben die Beamten die Suche auf.

13

Es roch nach Farbe. Das Ende des Seils, mit dem ihre Füße zusammengebunden waren, war irgendwo so befestigt, dass sie die Knie nur leicht anziehen konnte. Das hinderte sie daran, weit genug zurückzurutschen, um sich aufzusetzen. Am Anfang hatte sie alles ausprobiert, mit den Füßen ausgeschlagen und dabei ein paar Gegenstände getroffen, die scheppernd umfielen.

Lange hatte sie versucht, den Kopf am Boden zu reiben und so die Augenbinde abzustreifen. Aber sie saß zu fest. Die Hände konnte sie nicht zu Hilfe nehmen, sie waren auf dem Rücken zusammengebunden.

Sie befand sich in einem Lieferwagen mit Schiebetür. Zweimal hatte sie sie gehört, als man sie gefesselt und mit zugeklebtem Mund und verbundenen Augen auf die Ladefläche bugsiert und dort noch einmal angebunden hatte. Einmal beim Öffnen und einmal beim Schließen. Seither nicht mehr.

Fast hätte sie es geschafft. Sie hatte Due besiegt. Seine Kräfte hatten nachgelassen, und er war ohnmächtig geworden. Hatte einfach dagelegen, dieser ungeschlachte Brocken, wie ein Walross, und hatte keinen Mucks gemacht.

Doch anstatt loszurennen und ihn verenden zu lassen, hatte sie den gelbgrünen Draht um seinen Hals gelockert. Erst dann war sie losgelaufen – und direkt Julio in die Arme. Dieser hatte sie in den Kellerraum zurückgebracht und sich – etwas belustigt – um den noch immer nach Luft ringenden Due gekümmert. Und ihn daran gehindert, sich an ihr zu rächen, sobald er wieder bei Kräften war.

Den wenigen Sätzen, die die beiden wechselten, hatte sie entnommen, dass irgendjemand befohlen hatte, dass sie von hier verschwinden müssten.

Julio hatte sie gefesselt und geknebelt und ihr die Augen verbunden. Danach wurde sie zum Lieferwagen gebracht, der in der Tiefgarage stand. Due – sie erkannte ihn am Geruch – flüsterte ihr noch drohend ins Ohr: »*Tornerò. Solo.*« Er werde allein zurückkommen.

Die Fahrt kam ihr lange vor, und als sie hielten, hörte sie ein Geräusch, als öffne sich ein Tor. Das Auto fuhr ein sehr kurzes Stück weiter, dann hielt es erneut. Sie hörte die Fahrertür zuschlagen, Schritte, dann wieder das Tor, dann Stille.

Seitdem waren Stunden vergangen, ohne dass sich etwas getan hatte. Sie war sich sicher, dass sie im Lieferwagen eines Malergeschäfts war und dieser in einer Garage, Halle oder Scheune stand.

Sie begann wieder, ihren Kopf auf der Ladefläche zu reiben. Da, plötzlich, als sie ihn so weit zur Seite drehte, wie sie nur konnte, stieß sie auf einen Widerstand, vielleicht eine Niete oder ein Schraubenkopf. Die Augenbinde glitt immer wieder daran ab, doch sie gab nicht auf, bis das Tuch sich festhakte. Vorsichtig zog sie den Kopf in die Gegenrichung und spürte, wie die Augenbinde zu gleiten begann. So gelang es ihr, das rechte Auge so weit zu befreien, dass sie eine Ahnung von ihrer Umgebung bekam.

Durch das Fenster der Fahrerkabine drang Helligkeit herein. Vielleicht brannte in dem Raum, in dem der Kastenwagen stand, ein Notlicht, oder vielleicht besaß er ein Fenster, und es war noch Tag draußen.

Ihr Auge gewöhnte sich an das Licht, und langsam konnte sie die Gegenstände erkennen, die sie umgaben.

Jetzt konnte sie auch den schweren Gegenstand rechts von ihr identifizieren, der die Bewegungsfreiheit ihrer Beine einschränkte: Es war ein großer Farbkübel. Er war schon einmal geöffnet und wieder provisorisch verschlossen worden. Sein Deckel besaß am Rand Blechzungen, die um den nach außen gefalzten Rand des Kübels gebogen wurden. Ein paar dieser Zungen standen ab.

María versuchte, die Füße zum Kübelrand zu heben, und tatsächlich: Sie hatte genug Spielraum, um ihn zu erreichen. Sie begann, das Seil, das sie festhielt, an einer der scharfen Zungen zu scheuern.

In immer kürzeren Abständen musste sie ihre Beine ausruhen. Sie hörte das Reiben und Wetzen, aber sie konnte nicht sehen, ob es Erfolg hatte. Ab und zu zog sie die Beine mit einem Ruck an, in der Hoffnung, dass die Stelle so dünn geworden war, dass sie riss. Jedes Mal musste sie die Zähne zusammenbeißen, um nicht aufzuschreien, wenn das Seil ihr in die Knöchel schnitt. Ein paarmal wollte sie aufgeben, aber der Gedanke an Due und seine Drohung, allein zurückzukommen, verlieh ihr jedes Mal neue Kräfte.

Plötzlich riss das Seil bei einer dieser Anspannungen mit einem trockenen Geräusch. Ihre Füße waren zwar noch immer zusammengebunden, aber sie konnte jetzt die Beine anziehen und so weit zurückrutschen, dass es ihr gelang, sich aufzusetzen.

Jetzt konnte sie sich auch umsehen und feststellen, was sich hinter ihr befand. Ein Eimer mit Malutensilien – Pinsel, Lammfellroller, Abstreifgitter. Ein paar Farbkübel und einige Säcke und Schachteln. Nichts, was für ihre Zwecke geeignet gewesen wäre.

María musste sich wieder hinlegen und so weit hinunterrutschen, wie es das obere Seil erlaubte, mit dem ihre zusammengebundenen Hände hinter ihr an einer Wandverankerung festgemacht waren.

Der Kübel mit den Metallzungen besaß einen Tragebügel. Es gelang ihr, die Füße darunterzuschieben. Wenn sie jetzt die Beine langsam anwinkelte, konnte sie den schweren Eimer zu sich heranziehen.

Der Drahtbügel schnitt in die Riste ein, aber es gelang ihr, den Farbkübel neben sich zu ziehen und ihn von dort aus hinter sich zu bugsieren.

Sie begann mit der mühseligen Arbeit, das Seil, das ihre Hände zusammenhielt, an der Blechzunge zu wetzen. Immer wieder rutschte sie ab und zuckte zusammen vor Schmerz, wenn das scharfe Blech ins Fleisch drang. Sie spürte das Blut über ihre Hand laufen.

Endlich fühlte sie, wie das Seil am Handgelenk

sich erst ein wenig, dann immer mehr lockerte und schließlich ganz frei war.

Danach war es kein Problem mehr, sich von den Fesseln zu befreien.

In der ganzen Zeit war es im Kastenwagen nicht dunkler geworden. Das Licht musste von einer Straßenbeleuchtung vor dem Fenster stammen.

Sie riss ein Stück von der sauberen Stelle eines Abdecktuches ab und verband sich damit das blutende Handgelenk. Dann suchte sie nach einer Möglichkeit, die Schiebetür zu öffnen.

Es gab keine. Dass sie jemand von innen öffnen wollte, war nicht vorgesehen. Und das Fenster zur Fahrerkabine war zu klein für einen erwachsenen Menschen.

Zum ersten Mal seit ihrer erneuten Gefangennahme weinte María. Und je mehr sie weinte, desto hoffnungsloser kam ihr ihre Lage vor.

Erst als sie merkte, dass sie im Begriff war, sich in den Schlaf zu weinen, nahm sie sich zusammen. Jetzt, wo sie so weit gekommen war, konnte sie doch nicht einfach aufgeben.

Sie sah sich im Wagen um und fand mehrere Dosen Lackspray. Sie entschied sich für Rosarot.

14

Für Polizisten hatte Allmen noch nie viel übriggehabt. Das mochte mit der Art und Weise zu tun haben, wie er nach dem Verlust seines ererbten Vermögens manchmal seinen Lebensunterhalt zu bestreiten gezwungen war. Aber es lag auch an der aggressiven Aufgeräumtheit und der antrainierten Freundlichkeit, mit der viele von ihnen auftraten. An dieser penetranten Bürgernähe.

Detektivwachtmeister Gobler war eine wohltuende Ausnahme. Er war etwa in Allmens Alter und besaß die sanfte Resignation von einem, der mehr erfahren hatte, als er wollte, und mehr wusste, als er sagte.

Er war mit drei Untergebenen zu Allmen ins Gärtnerhaus gekommen, jeder von ihnen einzeln in bestimmten Abständen für den Fall, dass die Villa Schwarzacker beobachtet wurde.

Er machte keine Bemerkung über die Diskrepanz zwischen Allmens Auftreten und seinen Lebensumständen und auch nicht über den Firmensitz von Allmen International Inquiries.

»Wenn sie nicht anrufen«, hatte er gesagt, »dann haben sie sich das Bild schon besorgt. Und wenn sie anrufen, dann müssen wir uns auch den Restaurator noch einmal vornehmen.«

Seine Mitarbeiter hatten viel Elektronik installiert, denn es ging darum, den Anruf der Entführer aufzuzeichnen und wenn möglich zu orten. Sie lungerten in dem kleinen Wohn-Esszimmer herum und unterhielten sich halblaut. Ab und zu ging einer hinaus und rauchte in dem schattigen Bereich zwischen dem Häuschen und der Hecke eine Zigarette.

Allmen war froh darüber. Er hasste es zwar, wenn man in seinen Räumen rauchte, aber er hätte kein Wort darüber verloren. Er verließ sich stets auf das Feingefühl seiner Gäste. Er hatte den Detektivwachtmeister im Verdacht, dass er seine Leute dazu angehalten hatte.

Nun saß der in der gläsernen Bibliothek neben Allmen in einem Lesesessel wie ein seltener Gast und sprach über Friedrich Glauser, dessen kleines Gesamtwerk er im Bücherregal entdeckt hatte. »Stellen Sie sich vor, wegen Glauser bin ich zur Polizei gegangen.« Er lächelte etwas verlegen.

»Und Wachtmeister geworden, wie Studer«, ergänzte Allmen.

Gobler nickte. »Und geblieben. Wie Studer.«

Der Himmel hatte sich bezogen, und das Thermometer war gesunken. Die Temperaturveränderung hatte sich augenblicklich in dem schlecht isolierten Treibhaus bemerkbar gemacht. Die beiden Männer fröstelten.

»Ist das die einzige Heizmöglichkeit hier drin?« Der Detektiv zeigte auf den Schwedenofen vor ihnen.

»Nein, nein, ich habe eine Gasheizung.«

»Ach so, gut zu wissen.« Gobler betrachtete ihn mit ironischem Lächeln.

»Ich weiß auch nicht, warum sie nicht heizt.« Allmen wusste es sehr wohl: Weil Carlos fehlte und er der Einzige war, der wusste, wie sie funktionierte.

»Wahrscheinlich automatisch«, bemerkte Gobler.

Allmen musste lachen.

Bei seiner Ankunft hatte der Detektiv sich Carlos' und Marías Zimmer zeigen lassen, das seit ein paar Stunden offiziell nur noch Marías war. Carlos hatte ganze Arbeit geleistet. Nichts deutete auf die Anwesenheit eines Mannes hin. Er hatte alle seine Kleider, seine Toilettenartikel, seinen Computer und sein Büromaterial weggebracht, Allmen fragte sich, wohin.

Auf dem Tisch saß auf ein paar Büchern, umgeben von ein paar abgebrannten Kerzen, eine schwarzgekleidete bärtige Holzpuppe mit breitkrempigem Hut. Allmen, der so gut wie nie in Carlos' kleiner Wohnung gewesen war, hatte die Figur noch nie gesehen. Aber er kannte sie von seinen Reisen nach Guatemala. Es war Maximón, der rauchende und saufende Heilige der Mayas, zu dem Carlos auf

Dalia Gutbauers Etage so lautstark und theatralisch gebetet hatte. Er hatte ihn wohl auch hier um Hilfe angefleht und um die Wirkung seines Gebets gefürchtet, wenn er ihn hätte verschwinden lassen.

»Was bedeutet der?«, fragte Gobler.

»Weiß nicht genau. Irgendein kolumbianischer Heiliger. María ist eine gläubige Frau.«

Sie gingen die Treppe hinunter. Die drei Beamten im Wohn-Esszimmer spielten jetzt Karten. »Ich hätte eine Aufgabe für euch Hightechspezialisten«, sagte der Wachtmeister im Vorbeigehen. »Glaubt ihr, ihr bekommt die Heizung in Gang?«

Kaum saß Allmen mit Gobler wieder in der klammen Bibliothek, vernahm er das Klopfen der warm werdenden Heizkörper. Es blieb lange Zeit das einzige Geräusch im Raum.

»Spielen Sie Klavier?«, fragte der Wachtmeister plötzlich.

Allmen sah, dass er den Stutzflügel betrachtete. »Ja, ein bisschen. Für mich, zur Zerstreuung. Sie auch?«

Gobler schüttelte bedauernd den Kopf. »Leider nicht. Aber ich höre gerne zu.«

Allmen wusste nicht recht, ob dies als Aufforderung gemeint war, und antwortete nur: »Ich auch.«

Nach einer Pause sagte der Beamte: »Vielleicht verkürzt es die Wartezeit.«

So kam es zu der merkwürdigen Situation, dass Johann Friedrich von Allmen einem Polizisten der Interventionseinheit Puma ein paar *Nocturnes* von Chopin vorspielte, bis der schrille Ton des Handys dem Zauber ein Ende setzte.

Allmen und Gobler eilten zu den Technikern im Nebenraum und setzten die Kopfhörer auf, die an das Handy angeschlossen waren.

Wie verabredet, wartete Allmen auf das Zeichen des Cheftechnikers. Als dieses endlich erfolgte, meldete er sich mit »Allmen«.

»Scriva!«, befahl die Stimme, von der er jetzt wusste, dass sie Dario gehörte.

Wieder diktierte der Mann ihm Koordinaten. Allmen missverstand manchmal absichtlich etwas oder fragte nach, wie es ihm die Techniker geraten hatten, damit sie Zeit gewannen.

Doch Dario war nervös und misstrauisch. Er drohte damit aufzulegen, wenn Allmen sich nicht beeile. Wachtmeister Gobler schrieb mit. Jetzt gab er Allmen das Zeichen, sich zu beeilen, so glaubwürdig klang Darios Drohung.

Kaum hatte Dario die Daten durchgegeben und aufgelegt, brach Betriebsamkeit aus: Der Wachtmeister und einer der Beamten führten nervöse Telefongespräche, und die beiden andern tippten in ihre Laptops und starrten auf die Monitore.

Allmen stand unbeachtet am Rand des Geschehens, noch immer mit Handy und Kopfhörern.

Nur ein paar Minuten dauerte das Gewusel, dann kehrte Ruhe ein. Die Männer entspannten sich, und Gobler erklärte Allmen die Situation: »Wir haben die Nummer identifiziert und den Standort festgestellt. Von jetzt an können wir sie verfolgen.«

Allmen fand, der Gesichtsausdruck des Detektivs passe nicht recht zu dem, was er sagte. »Das ist doch eine gute Nachricht, oder?«

»Warten wir's ab. Kommen Sie.« Er führte ihn zu dem Laptop, in den die Männer fasziniert blickten. Der Bildschirm zeigte den Ausschnitt eines Stadtplans. Allmen erkannte die Straßennamen eines Außenquartiers. Ein rotes Dreieck bewegte sich darin ruckartig.

Jetzt wurde es ein wenig schneller – und hielt. Fuhr weiter – und hielt. Fuhr weiter – und hielt. Einer der Männer stöhnte ein bisschen. Ein anderer sagte: »Warte.«

Das Dreieck fuhr weiter. »Nächste Haltestelle Rosstal«, rief einer der Beamten im Tonfall eines Tramführers.

»Im Zwölfer-Tram«, erklärte Gobler.

»Die fahren Tram?«, wunderte sich Allmen.

»Die oder nur das Telefon. Bald werden wir es wissen.«

»Wie?«

»Wenn es an der Endstation sitzen bleibt, ist es allein unterwegs.«

Vier Stationen fehlten bis zur Endstation. Bei jeder Haltestelle, an der das Dreieck sich nicht bewegte, wurden die Männer sarkastischer.

An der Endstation wurde es still im Raum. Das Dreieck blieb stehen, blieb stehen, blieb stehen.

»Scheiß Profis«, stöhnte Gobler.

»Let's go«, sagte einer der Techniker. Die Männer begannen, ihre Anlage abzubauen.

»Was nun?«, fragte Allmen.

»Wir haben ja die Koordinaten«, tröstete der Wachtmeister. »Die erwischen wir schon. Aber wenn das Handy nicht das Tram genommen hätte, wäre alles ein bisschen einfacher gewesen.«

15

Carlos war bei Don Gregorio untergekommen. In dessen Wohnung in einem Außenquartier der Stadt wohnten bereits ein paar Männer aus Mittelamerika. Aber für einen illegalen Landsmann in Not hielt er in einem Kajütenbett immer ein Plätzchen frei.

Carlos hatte nur ein kleines Rollköfferchen dabei mit ein paar Kleidern zum Wechseln und den nötigen Toilettenartikeln. Don Gregorio hatte keine Fragen gestellt, als Carlos klingelte und fragte, ob er ein, zwei Tage bei ihm Unterschlupf finden könne. Sie saßen in der Küche und unterhielten sich über Belangloses. Und wenn sie alle Themen ausgeschöpft hatten, wiederholten sie das schon Gesagte noch einmal. Sich wiederholen war besser als schweigen.

Als nach und nach die anderen Bewohner von ihrer Arbeit oder der Suche nach einer solchen oder ihrem jeweiligen Zeitvertreib zurückkamen, legte sich Carlos aufs Bett und dachte nach.

Vielleicht war es die falsche Entscheidung gewesen, Don John allein zu lassen. Es war zwar richtig, der Polizei aus dem Weg zu gehen. Sie hätten seinen Aufenthaltsstatus bald festgestellt, und ehe er sich's versehen hätte, wäre er im Flugzeug nach Guatemala City gesessen.

Aber wenn sie María befreit hatten – er betete zum Hermano Maximón, dass dies bald geschah! –, würde man auch sie nach Bogotá zurückschicken, was sollte er dann noch hier? Er hätte vielleicht nicht auf Don John hören sollen, denn wenn der ihn bis nach der Übergabe aus dem Haus haben wollte, dann sicher nicht aus ganz uneigennützigen Motiven. Er wollte Carlos auf keinen Fall verlieren, denn ohne ihn wäre er aufgeschmissen.

Dabei würde er ihn ohnehin verlieren. Denn wenn sich Carlos zwischen Don John und María entscheiden müsste …

Er hätte ihn gerne angerufen, um zu erfahren, wie es gelaufen sei. Ob die Entführer angerufen hatten, ob man ihre Spur habe verfolgen können, wo die Übergabe stattfinde und ob immer noch zur vorgesehenen Zeit, am nächsten Tag um elf.

Aber sie hatten vereinbart, dass er nicht anrief. Die Telefone würden bestimmt abgehört, und würde er im Gärtnerhaus anrufen, könnte er genauso gut persönlich vorbeikommen.

Was er vielleicht tatsächlich tun sollte. Don John und María – beide brauchten ihn.

Von draußen drangen Essensgerüche ins Zimmer. Essen wie zu Hause sei das Beste, was man gegen das Heimweh tun könne, sagten die Immigranten. Carlos fand, das Gegenteil treffe zu: Essen wie zu Hause verstärkte das Heimweh. Es erinnerte einen immer daran, wie viel besser das gleiche Essen zu Hause schmeckte.

Don Gregorio klopfte, streckte den Kopf herein und fragte, ob Carlos etwas mitessen wolle. Carlos lehnte ab.

Als sein Gastgeber gegangen war, kletterte er aus dem Bett, legte eine Fünfzigernote auf das Kopfkissen, nahm sein Rollköfferchen und ging.

In der Küche saß eine fröhliche Runde am Tisch. Carlos winkte Don Gregorio im Vorbeigehen zu. »*Gracias*«, sagte er.

»*De nada*«, antwortete Don Gregorio. Er stellte auch jetzt keine Fragen.

Carlos verließ den tristen Wohnblock und ging im Licht der spärlichen Straßenbeleuchtung an Schulhäusern, Industriebauten, verkommenen Spielplätzen und Gebrauchtwagenhandlungen vorbei bis zu einer etwas belebteren Kreuzung mit ein paar Läden, einer Kneipe, einer Drogerie und einer Bushaltestelle. Erst dort rief er ein Taxi, denn er wusste aus Erfahrung, dass ein Mann mit seinem Akzent nicht so leicht ein Taxi in Don Gregorios Gegend bestellen konnte. Und die Fahrt mit einem öffentlichen Verkehrsmittel bis zur Villa Schwarzacker war ihm zu riskant.

Das Gärtnerhäuschen war hell erleuchtet. Aber es wimmelte nicht von Polizisten, wie Carlos angenommen hatte. Er fand zwar überall Spuren, die davon zeugten, dass das Haus vor kurzem noch voller Leute gewesen war, aber jetzt war es still bis auf das halblaute Stimmengemurmel in der Bibliothek.

Er hätte jetzt leise in sein Zimmer hinaufgehen und warten können, bis die Luft rein war. Aber Carlos hatte beschlossen, sich zu stellen, und er war keiner, der von einem einmal gefassten Entschluss wieder abzubringen war.

Daher ließ er sein Rollköfferchen im Vestibül stehen und ging direkt in die Bibliothek.

Dort saß Don John mit einem Mann, den Carlos' Instinkt sofort als Polizisten in Zivil identifizierte.

»*Muy buenas noches*, Don John«, sagte er. »Haben sie angerufen?«

Don John sah erschrocken auf und nickte.

»*Gracias a Dios*«, seufzte Carlos erleichtert. Das bedeutete, dass nicht sie es waren, die das Bild gestohlen hatten, und dass sie María noch brauchten.

Allmen erhob sich, schüttelte Carlos etwas linkisch die Hand und stellte ihn Detektivwachtmeister Gobler als »Herr de Leon, ein Mitarbeiter« vor.

Der große Polizist und der kleine Illegale begrüßten sich mit einem formellen Händedruck.

Carlos war noch immer in Fahrt und wollte seinem Entschluss, sich zu erkennen zu geben, treu bleiben. Daher sagte er in gebrochenem Deutsch: »Ich bin der Verlobte von Señorita María Moreno und habe keine gültigen Papiere.«

Gobler winkte ab. »Ich bin nicht bei der Fremdenpolizei.«

16

Es hatte in der Nacht geregnet, und auch jetzt nieselte es aus einem tiefdunklen Himmel. Allmen hatte wie immer gut geschlafen und erinnerte sich erst, als Carlos mit dem Tee ins Schlafzimmer kam, was für ein Schicksalstag soeben begonnen hatte.

Carlos dagegen sah nicht aus, als ob er überhaupt geschlafen hätte. Er war bleich, und die grauen Schatten unter den Augen waren fast schwarz.

Den Detektivwachtmeister hatte sein Aufenthaltsstatus nicht weiter interessiert, er hatte Carlos wie selbstverständlich in die Planung mit einbezogen. Und dadurch, dass dieser sich gestellt hatte, erübrigte sich auch das Vorgespräch mit Herrn Arnold. Allmen hatte ihn bei Gobler ganz beiläufig als Fahrer ins Spiel gebracht, und der Wachtmeister hatte nichts dabei gefunden, dass ein Taxifahrer bei der Übergabe der dritte Mann sein würde.

Gobler kam um acht Uhr in Begleitung der blonden Gefreiten und eines Mannes, der ein in braunes Papier eingeschlagenes Bild trug. Sie stellte ihn als Herrn Gerteler vor, den Drucker, der über Nacht den Öldruck möglich gemacht hatte. Auf dem Esstisch packte er das Bild aus. »Das Hauptproblem war die Ausdünstung«, erklärte er. »Riechen Sie etwas?«

Allmen beugte sich zum Bild hinunter und schnüffelte. Er nahm einen ganz schwachen Farbgeruch wahr.

»Besser bekomme ich es nicht hin. Ich habe eine Nachtschicht eingelegt, alte Leinwand benutzt, getönten Firnis und das Ganze stundenlang in den Trocknungsofen gelegt.«

Der Öldruck war tatsächlich überzeugend. Die Farben abgetönt, als wären sie von den Jahren leicht verblichen, der Firnis etwas stumpf.

»Sogar einen alten Keilrahmen habe ich verwendet.« Gerteler drehte das Bild um. Das Holz des Keilrahmens war alt und trug ein paar vergilbte Etiketten und handschriftliche Nummern. Am besten gefiel Allmen das Stück neue Leinwand, mit dem die Stelle der verwelkten weißen Dahlie hinterklebt war.

»Chapeau!«, sagte Allmen.

Sie hatten Herrn Arnold eine Stunde früher bestellt, damit genug Zeit blieb, um ihn vorzubereiten. Carlos fing ihn am Eingangstor ab und begleitete ihn zum Gärtnerhäuschen. Auf dem Weg dorthin erklärte er ihm, was ihn erwartete. So begegnete er den Beamten gefasst und mit der gewohnten Würde.

Die Gefreite Wertlinger übergab ihm einen kleinen Sender, den er im Kofferraum hinter den

Reservereifen stecken solle, damit sie den Wagen im Notfall verfolgen könnten. Danach besprachen sie den Weg zum Treffpunkt.

Diesmal befand er sich nicht im Wald, sondern in einem Gewerbegebiet am Rande eines Dorfes. Gobler wollte ein paar Leute auf dem Weg dorthin positionieren für den Fall, dass die Entführer kurzfristig ihre Pläne änderten.

Kurz nach neun fuhren sie los. Wegen des GPS saßen sie wieder in Herrn Arnolds profanem Mercedes-Taxi. Für lange Zeit zum letzten Mal, hoffte Allmen. Er trug eine gut eingetragene, frischgewachste Barbour-Jacke über einem braunen Kordanzug und eine Schiebermütze aus Tweed, was ihm etwas Reitlehrerhaftes verlieh. Carlos eine Baseballjacke mit dem NY der New York Yankees und einer großen Nummer drei. Allmen hatte sie noch nie gesehen und vermutete, dass es sich um seinen Kampfanzug handelte. Er wagte nicht zu fragen, ob er seinen Revolver dabeihabe.

Der neue Treffpunkt lag in genau der entgegengesetzten Richtung vom letzten. Das lauteste Geräusch im Wageninnern war das kurze Stottern eines der Scheibenwischergummis, bei jedem zweiten Mal, wenn er sich zurückbewegte. Ein Problem, das Herr Arnold zu seinem eigenen Ärger auch bei seinem Cadillac nicht zu lösen vermochte.

Der starke Wachsgeruch von Allmens Jacke übertönte den Geruch des Dufttännchens am Rückspiegel, den Allmen so verabscheute.

Sie erreichten die hässlichen Außenquartiere der Stadt mit ihren graugelben Wohnblöcken, Unterführungen, Bahndämmen, Industriebauten und lieblosen Bürohäusern. Der Regen wurde stärker, und die Scheibenwischer glitten nun ohne zu stottern über den dicken Wasserfilm der Windschutzscheibe.

Aus dem Augenwinkel sah Allmen, dass Carlos die Hände gefaltet hatte und seine Lippen sich bewegten. Herrn Arnold entfuhr ein Seufzer, den er sofort mit einer Bemerkung über das Sauwetter kaschierte. Auch Allmen war bange.

Eine Ortstafel kündigte an, dass sie nun die Stadt verließen. Herr Arnold folgte dem grünen Schild zu einer Autobahneinfahrt. Die meisten anderen Autos fuhren langsamer als die erlaubten hundert Stundenkilometer und zogen sprühende Schleppen aus Regenwasser hinter sich her. Bereits bei der nächsten Ausfahrt blinkte Herr Arnold rechts und fuhr von der Autobahn herunter.

Die Ausfahrt verengte sich rasch zu einer zweispurigen Überlandstraße, und bald befanden sie sich im Niemandsland zwischen Stadt und Land.

Das GPS führte sie von der Hauptstraße weg in ein Gewerbegebiet. Sie durchquerten eine unordentliche Ansammlung in die Jahre gekommener Industriebauten, scheunenähnlicher Lagerschuppen und bunter Fertighallen. Beim letzten Gebäude war das Ziel erreicht.

Herr Arnold stellte den Motor ab. Sie befanden sich auf dem Vorplatz eines Backsteingebäudes, das aussah wie ein ausgedientes Feuerwehrdepot. Es standen ein paar Baumaschinen auf dem schadhaften Asphalt und zwei alte Lieferwagen ohne Nummernschilder. Auf beiden war der verwitterte Schriftzug eines Malergeschäfts zu erkennen. »Erwin Koblar, Maler und Tapezierer, Um- und Neubauten«. Zwei Betonkandelaber mit klobigen Leuchten flankierten das Gebäude. Einer war von Betonfraß befallen. An mehreren Stellen kamen die Armierungseisen zum Vorschein.

Sie waren gut zehn Minuten zu früh. Der Regen hatte etwas nachgelassen, und alle drei stiegen aus. Um sich die Beine zu vertreten, aber vor allem, um zu zeigen, dass sie allein waren. Denn beim letzten Mal hatten die Entführer sie ja beobachtet. Gut möglich, dass sie es wieder taten.

Je länger sie vor dem Depot herumlungerten, desto mehr fühlte sich Allmen beobachtet. Er spürte förmlich die Blicke, die von irgendeinem Versteck aus auf ihn gerichtet waren.

Zum zweiten Mal prüfte er sein Handy, ob es

nicht versehentlich auf stumm geschaltet war oder außerhalb der Reichweite des Providers. Denn inzwischen war zehn Uhr vorbei.

Als endlich das durchdringende Imitat eines uralten amerikanischen Telefons schrillte, das er als Klingelton gewählt hatte, zuckten die drei Männer zusammen. Allmen räusperte sich nervös, bevor er sich meldete.

»Pronto.«

»Non riattaccare«, befahl die Stimme, nicht auflegen. »Ich führe dich. Steigt ins Auto.«

Allmen gehorchte. Sein Gefühl, beobachtet zu werden, hatte ihn also nicht getrogen. Dario musste gesehen haben, dass sie nicht im Auto saßen.

Die Stimme befahl ihm loszufahren. »Geradeaus«, übersetzte Allmen für Herrn Arnold.

Carlos begriff, dass es diesmal keine Koordinaten gab, und wählte die Nummer des Detektivwachtmeisters. Er hörte, wie der sich meldete, und sagte nichts, hielt nur das Telefon möglichst in Allmens Nähe.

Anfangs fragte Gobler »Hallo?«, dann wurde er still. Er hatte begriffen, dass Allmen telefonische Anweisungen an den Fahrer weitergab. Wahrscheinlich verfolgten sie das Taxi jetzt mit Hilfe des Senders, den Herr Arnold hinter dem Reservereifen im Kofferraum versteckt hatte.

Eine ganze Weile fuhren sie auf einer schmalen Teerstraße geradeaus. Bald waren sie nur noch von Landwirtschaft umgeben: Schuppen, Scheunen, Schweinezuchten, Rinderweiden säumten den Weg. Dann eine Sägerei, danach Holzstöße und Langholzlager bis zum Waldrand.

Darios Befehle führten sie im Zickzack durch den Wald, eine weitere Vorsichtsmaßnahme der Entführer. Zweimal bemerkte Herr Arnold: »Hier waren wir schon einmal.«

Bei einer Baumschule befahl der Entführer: *»Aspettate!«*

»Hier warten«, wies Allmen Herrn Arnold an.

Er stellte den Motor ab. Der Regen hatte wieder zugenommen und trommelte bedrohlich auf das Autodach. Sie starrten schweigend auf die Baumschule und die kleine Schonung mit Jungtannen, in die ein zweiter Holzweg mündete. Von dort würden vermutlich die Entführer kommen.

»Don John«, sagte Carlos.

»Diga.«

»*Una sugerencia, nada más.* Vielleicht sollte Herr Arnold den Wagen wenden. Falls wir schnell wegfahren müssen.«

Allmen übersetzte für Arnold, und dieser wendete umständlich den großen Wagen auf dem schmalen Sträßchen.

Die Scheiben beschlugen und nahmen ihnen die Sicht. Allmen und Carlos stiegen aus. Die Luft war kalt, ihr Atem verwandelte sich in kurzlebige Dampfwölkchen. Sie hörten das Rauschen des Regens in den Wipfeln.

Und plötzlich von ganz weit her einen Motor.

»Demasiado rápido«, raunte Carlos. Allmen wusste, warum ihm das zu schnell ging: Er befürchtete, die Polizei habe nicht genug Zeit, um den Zugriff vorzubereiten. Aber es dauerte noch eine ganze Weile, bis sie endlich wussten, aus welcher Richtung das Motorengeräusch kam.

Aus dem Seitenweg näherte sich ein weißer Kastenwagen. »Erwin Koblar, Maler und Tapezierer, Um- und Neubauten«.

Er tat das Gleiche wie sie: Bog nach links ab, so dass er ihnen das Heck zuwandte, fuhr ein Stück rückwärts und bog wieder in den Weg ein, aus dem er gekommen war. So blieb er mit laufendem Motor startbereit stehen.

Der Fahrer stieg aus. Es war der hübsche Italiener vom letzten Mal, Dario. Er hatte eine Waffe in der Hand, die er nachlässig auf sie gerichtet hielt, und näherte sich bis auf zehn Meter.

»Fuori dalla macchina!«, befahl er.

Allmen öffnete die Fahrertür und bat den bleichen und stummen Herrn Arnold auszusteigen.

Arnold und Carlos mussten sich beide mit ausgestreckten Armen gegen den Wagen stützen. Dario wollte nur mit Allmen zu tun haben.

»Il dipinto!«, rief er ihm jetzt zu.

»La donna!«, antwortete Allmen.

»Du zuerst!«, tönte es zurück.

»Insieme!«, forderte Allmen. Beide gleichzeitig. Er öffnete den Kofferraum und hob das Bild heraus. Sofort begann der Regen das Packpapier mit braunen Flecken zu sprenkeln.

Er wandte sich dem Mann mit der Pistole zu und stellte sich breitbeinig und unverrückbar vor ihn hin.

Dario ging zurück zum Kastenwagen, ohne die drei Männer aus den Augen zu lassen. Er verschwand dahinter, und sie hörten das Geräusch einer Schiebetür. Dann kam er wieder zum Vorschein und ging zurück an die Stelle, wo er vorhin gestanden hatte. »Due!«, rief er.

Hinter dem Wagen traten zwei Gestalten hervor. María in einer langen Pelerine. Ihr Mund war mit breitem Abdeckband zugeklebt, wie es die Maler benutzen, und sie trug eine schwarze Augenbinde. Ihre Hände waren auf den Rücken gefesselt, und auch an den Füßen trug sie Fesseln, die ihr nur kleine Schritte erlaubten.

Hinter ihr stieß und schubste sie der ungeschlachte Kerl vom letzten Mal. Er sah seltsam aus: Sein struppiges Haar war rosarot, und auch der Kragen seines schwarzen Hemds hatte diese Farbe.

Einige Meter vom Fahrzeug entfernt hielt er seine Gefangene grob zurück und richtete eine Pistole gegen ihren Kopf.

»María!«, schrie Carlos auf.

Sie antwortete nicht. Aber man hörte ihr Schluchzen.

Dario winkte Allmen zu sich heran. Er gehorchte und ging mit weichen Knien auf ihn zu.

»Fermati!«, befahl er.

Allmen gehorchte.

»Aprilo!«

Das Packpapier war jetzt durchnässt. Allmen entfernte es in kleinen, aufgeweichten Fetzen. Was zum Vorschein kam, roch ein wenig nach Farbe.

Er wendete es und zeigte auf den Flicken an der Rückseite, drehte es zurück und deutete auf die wieder intakte Stelle mit der welken Dahlie. Dann deutete er zum Himmel und sagte: *»Ma piove, sarebbe peccato!«*

Auch Dario fand es schade, das Bild weiter dem Regen auszusetzen. Er nahm es und trug es rasch zum Wagen zurück. Sie hörten wieder die Schiebetür, dann sahen sie ihn um den Kühler herumgehen und sich hinter das Steuer setzen.

Langsam fuhr der Lieferwagen an. Der rosarote Mann stieß María um und rannte dem Wagen hinterher. Sie hörten das Zuschlagen der Beifahrertür und das Aufheulen des Motors.

Aber da war Carlos schon bei María.

Er zog ihr die Augenbinde vom Kopf und schrie: »*¡No!*«

Allmen war jetzt dazugekommen. Sie blickten in die verweinten Augen einer Frau mittleren Alters.

Aus der Ferne hörten sie die Rotoren eines Helikopters.

17

Die ersten Worte, die sie sagte, nachdem Carlos ihr sorgfältig das Klebeband entfernt hatte, waren: »Verdammti hueren Arschlöcher, verreckti!«

Als Allmen ihr mit seinem Taschenmesser die Handfesseln durchschnitten hatte, wischte sie sich energisch die Tränen ab und ließ sich zum Auto führen.

Sie befreite sich von der Pelerine. Darunter trug sie eine grüne Arbeitsuniform mit der Aufschrift: »Blumen Böner – immer schöner!« Alle vier setzten sich in den Mercedes.

Auf dem Weg zur Arbeit sei sie an diesem Lieferwagen vorbeigekommen, der eine Panne hatte. Der Fahrer habe ihr Zeichen gemacht, und weil sie das Malergeschäft Koblar kenne, habe sie angehalten. Kurz darauf sei sie gefesselt und geknebelt mit diesem rosaroten Arschloch im Wagen gesessen. Den Rest hätten sie ja miterlebt.

Allmens Handy klingelte. Es war Detektivwachtmeister Gobler. »Ist sie okay?«, fragte er.

»Ja. Aber es ist nicht María.«

Gobler verstummte kurz. Dann sagte er: »Warten Sie. Ich schicke jemanden.«

»Haben Sie die beiden?«, rief Allmen. Aber die Leitung war schon unterbrochen.

»Darf ich Ihr Handy benutzen, meines ist in meinem Auto«, bat die falsche María.

Allmen gab es ihr. Von nun an telefonierte sie mit ihrem Mann, ihrem Chef und ihrer Mutter, bis ihnen auf dem schmalen Holzweg ein Geländefahrzeug der Polizei langsam entgegenkam.

Auf dem Beifahrersitz saß die blonde Gefreite Wertlinger. Allmen und Carlos gingen ihr entgegen. »Haben Sie sie?«, fragten sie im Chor.

Sie nickte, als wäre das selbstverständlich. »Wir mussten ein bisschen improvisieren. Aber am Waldrand sind sie uns in die Arme gelaufen.« Dann stellte sie sich der falschen María vor und führte sie zum Geländewagen.

Carlos folgte ihr. »Weiß man etwas von Señorita Moreno?«, fragte er ungeduldig.

»Keine Ahnung. Bis zu dem Moment, als ich losfuhr, gingen wir davon aus, dass sie bei Ihnen ist. Ich führe Sie jetzt zum Chef, vielleicht weiß man inzwischen mehr.«

Die falsche María stieg ins Polizeifahrzeug, und Carlos ging zurück zum Taxi.

Herr Arnold folgte dem Wagen bis zu einem kleinen Kahlschlag. Dort standen Streifenwagen, Zivilfahrzeuge, ein Mannschaftswagen, ein neutraler Kastenwagen und der Lieferwagen des Malergeschäfts.

Zivilbeamte und Uniformierte diskutierten im Schutz einer Tanne über den Einsatz, tranken heißen Tee und rauchten. Im Kastenwagen sahen sie die beiden Italiener in Handschellen. Detektivwachtmeister Gobler und ein Zivilbeamter saßen ihnen gegenüber, vor der offenen Tür wachten zwei Beamte in dunkelblauen Kampfanzügen.

Als Gobler die Gefreite sah, stieg er aus und ging zu ihr. Sie wechselten ein paar Worte, dann kam er zu Allmen und Carlos.

»Die Spuren im Lieferwagen zeigen, dass dort drin jemand gefesselt und festgebunden war. Die falsche Geisel kann es nicht gewesen sein. Wie mir Frau Wertlinger gerade sagte, wurde sie erst kurz vor der Übergabe entführt und war immer zusammen mit einem der Entführer im Wagen.«

»Was schließen Sie daraus?«, wollte Allmen wissen.

»Es könnte sein, dass Frau Moreno sich selbst befreit hat und entkommen ist. Und dass die Entführer sich gezwungen sahen, als Notlösung eine andere Geisel zu nehmen. Bisher verweigern sie allerdings jede Auskunft.«

»*Disculpe*, aber wie könnte sie entkommen sein?«, fragte Carlos dazwischen.

»Wir haben im Wagen eine Spraydose gefunden, deren Farbe zur Haarfarbe eines der Verdächtigen passt.« Gobler zeigte ein winziges Lächeln und wurde sofort wieder dienstlich. »Wir haben Frau Moreno bereits zur Fahndung ausgeschrieben.«

Allmen nahm die Information von María Morenos Selbstbefreiung mit professionellem Nicken zur Kenntnis und dachte daran, was sie sich alles hätten ersparen können.

Die Beamten in den Kampfanzügen führten die beiden Männer an ihnen vorbei in einen Streifenwagen. Carlos starrte sie hasserfüllt an und zischte: »*¡Hijos de puta!*«

Allmen hielt beide Daumen in die Höhe und lächelte dem Rosaroten anerkennend zu: »Super Frisur!«

Fast zwei Stunden verbrachten Allmen, Carlos und Herr Arnold damit, ihre Aussagen zu Protokoll zu geben. Als Gobler sie endlich entließ, fragte Carlos: »Gibt es etwas Neues von Señorita Moreno?«

»Sobald es etwas gibt, werden Sie es als Erster erfahren«, versprach der Wachtmeister.

Stumm fuhren sie nach Hause, jeder tief in seinen Sorgen.

Als sie angekommen waren und das dunkle Gärtnerhäuschen wieder lichterfüllt war, machte Carlos Feuer im Schwedenofen und ging hinauf, um sich umzuziehen.

Ein paar Augenblicke später stand er wieder in der Bibliothek und winkte Allmen zu sich. *»¡Venga, por favor!«*, flüsterte er.

Allmen folgte ihm die Treppe hinauf ins Schlafzimmerchen.

Dort lag sie. Er sah die blutunterlaufenen Fesselspuren an den Händen und einen behelfsmäßigen Verband über dem rechten Gelenk. Sie schlief ruhig und tief.

18

Spät an diesem Abend – Allmen hatte Carlos mit der wiedergefundenen María allein gelassen und sich ein kleines Dinner im Promenade mit anschließendem gediegenen Absacker in der Goldenbar gegönnt – erreichte ihn Cheryl Talfeld. Er sah Cheryls Namen auf dem Display und war versucht, das Gespräch abzulehnen. Aber seine Neugier ließ es nicht zu.

»Können Sie vorbeikommen? Madame Gutbauer möchte Sie sprechen.«

Dazu hatte Allmen am ersten Abend seiner heißersehnten Rückkehr in scin richtiges Leben nun am wenigsten Lust. »Um diese Zeit? Kann das nicht bis morgen warten?«

»Nein.«

»Weshalb nicht.«

»Weil sie morgen vielleicht nicht mehr lebt.«

Allmen unterschrieb also die Rechnung und bestellte ein Taxi. Herrn Arnold hatte er nach diesem aufregenden Tag nach Hause geschickt.

Der Nachtportier nickte ihm schon von weitem ernst und feierlich zu und griff zum Telefonhörer. »Frau Talfeld erwartet Sie, ich bringe Sie hinauf.«

Der Lift brachte sie nach oben, und der Portier öffnete die Tür in die Eingangshalle. Niemand war zu sehen, nichts war zu hören.

Der Nachtportier räusperte sich, aber nichts regte sich. »Es wird gleich jemand kommen«, sagte er und fiel in sein feierliches Schweigen zurück.

Etwa zehn Minuten standen sie so da, dann kam Cheryl Talfeld aus dem Korridor. Die ergriffene Art, wie sie ihm die Hand gab, veranlasste Allmen zu sagen: »Dabei bin ich so rasch ich konnte gekommen.«

Er folgte ihr durch den Korridor, vorbei am offiziellen Schlafzimmer, am Art-déco-Boudoir und am Heimkino bis zum inoffiziellen Schlafzimmer.

Bevor Cheryl Talfeld die Tür öffnete, warf sie Allmen einen prüfenden Blick zu. »Macht es Ihnen etwas aus?«

Er verneinte, obwohl er sich lieber gedrückt hätte. Außer als Kind die kaum in Erinnerung gebliebene Mutter und bei der Sache mit den Libellenvasen den erschossenen Antiquitätenhändler Jack Tanner hatte er noch keine Toten gesehen und hätte es auch lieber dabei belassen. Aber er folgte Cheryl in den seltsam riechenden Raum.

Er sah aus wie auf einer Intensivstation, allerdings waren die Geräte abgeschaltet. Der Arzt saß an einem zweckmäßigen Tisch und tippte in einen Laptop. Zwei Schwestern waren mit Aufräumen beschäftigt.

Monsieur Louis stand gedankenverloren am Fußende des Bettes, die Hände im Schritt übereinandergelegt, wie ein Fußballer in der Freistoßmauer.

Dalia Gutbauer lag still und klein unter einem frisch aufgeschüttelten Federbett, die manikürten alten Hände gefaltet, der dichte schlohweiße Schopf aus dem Gesicht gebürstet, wie sie es selbst im Leben nie getan hätte.

Cheryl Talfeld hielt am Bettrand eine stumme Andacht. Allmen stellte sich verlegen neben sie.

Monsieur Louis nickte ihm zu und verließ seinen Platz.

Jetzt sah Allmen die Dahlien.

Das Bild befand sich auf einer Staffelei, dort, wo der Butler gestanden hatte. Es war so ausgerichtet, dass es das Letzte gewesen sein musste, was Dalia Gutbauer vor ihrem Tod gesehen hatte.

Allmen erkannte sofort, dass es das Original war. Die Stelle mit der welken Blüte besaß einen etwas anderen Glanz, aber die Dahlie war sorgfältig gemalt und fügte sich unverdächtig in das Bouquet.

Allmen warf Cheryl Talfeld einen fragenden Blick zu. Sie zog die Brauen hoch und nickte vielsagend. Dann gab sie Monsieur Louis ein Zeichen. Dieser hob das Bild von der Staffelei und trug es hinaus.

Cheryl wandte sich wieder ihrer toten Chefin zu. Sie betrachtete sie mit schiefgelegtem Kopf. Plötzlich lächelte sie, legte ihre Hand in einer freundschaftlichen Geste auf die gefalteten Hände der Toten und sah Allmen an. »Kommen Sie.«

In diesem Moment hörten sie die energische Stimme von Monsieur Louis vor der Tür und eine helle, fast kindliche Frauenstimme.

»Nein, das geht jetzt nicht, Mrs. Cutress.«

»Später geht es bei *mir* nicht, ich reise nämlich morgen ab!«, antwortete die Stimme.

»Warten Sie hier.«

Monsieur Louis kam herein. »Mrs. Cutress ist hier. Sie möchte sich von Madame verabschieden.«

»Wie ist sie denn hereingekommen?«, fragte Frau Talfeld irritiert.

Monsieur Louis stieß einen entnervten Seufzer aus. »Der Nachtportier …«

»Aber wirklich nur kurz.«

Man hörte den Butler leise und eindringlich auf die Besucherin einreden, dann kam sie herein.

Man sah Teresa Cutress an, dass sie einen lange herbeigesehnten Auftritt hatte. Sie trug eines ihrer neuen Reisekostüme in Rosa und Pistazie und wie immer gefährlich hohe Stilettos. Auf dem blonden Haar saß keck ein Stewardessenhütchen.

»Meine liiiebe Dalia«, begann sie und stutzte. Sie ging vorsichtig näher, zögerte und blieb stehen. »Ist sie tot?«

»Leider«, sagte Cheryl Talfeld.

»Tot?« Mrs. Cutress fing an zu lachen wie über einen mittelmäßigen Witz und hörte gleich wieder auf. »Schade. Ich hätte mich lieber zu ihren Lebzeiten verabschiedet. Aber tot geht auch.«

Sie trat nahe ans Bett heran und legte etwas auf Dalias Brust. »Da. Das passt besser zu dir als zu mir. Jetzt erst recht.« Sie stockte, als hätte sie ihren Text vergessen, und sagte schließlich nur: *»Bye, bye, I'm off to Paraguay.«*

Dann wandte sie sich um und verließ den Raum so theatralisch, wie sie gekommen war.

Cheryl Talfeld ging zu der Toten und nahm das, was Teresa ihr auf die Brust gelegt hatte. Sie sah es an, schüttelte den Kopf und zeigte es Allmen.

Es war die ausgeschnittene welke Dahlie.

Allmen betrachtete das Stück Leinwand. Was hätte er sich alles ersparen können, wenn Teresa Cutress damit herausgerückt wäre! Er wollte es Cheryl Talfeld zurückgeben. Aber sie winkte ab:

»Das gehört jetzt Ihnen. Kommen Sie.«

Allmen folgte ihr in ihr Zimmer. Dort, an eine Kommode gelehnt, standen die Dahlien. Sie bot ihm einen der Sessel bei ihrem Eames Chair an und reichte ihm einen Briefumschlag. »v. Allmen persönlich« stand darauf in einer ältlichen Handschrift.

Cheryl Talfeld setzte sich, und Allmen riss den Umschlag auf.

»Werter Allmen«, las er. »Ich wollte nicht ohne die Dahlien sterben, aber jetzt brauche ich sie nicht mehr. Machen Sie damit, was Sie wollen. Sie passen zu Ihnen. Sie sind ebenfalls von zweifelhafter Herkunft. Ihre Dalia G.«

Er sah auf und begegnete dem amüsierten Blick von Cheryl Talfeld. »Gratuliere!«

Allmens Freude über die problematische Erbschaft hielt sich in Grenzen. Die Wut überwog. »Wie kommt das Bild hierher?«

»Severin Erlbaum hat immer wieder Restaurierungsaufträge für die Sammlung von Madame Gutbauer übernommen. Er war mehrmals im Haus und wusste, dass das Bild ihr gehörte. Er hat sie vorgestern angerufen und ihr das Bild sehr günstig angeboten.«

»Sie sagte doch, sie habe es nicht mehr sehen können? Deshalb habe sie es zerstört?«

»Es soll vorkommen, dass man auf dem Sterbebett eine Entscheidung bereut. Es war ihr plötzlich wichtig, dass das Bild in ihrer letzten Stunde da war.«

»Und Sie haben natürlich wie immer brav das Praktische abgewickelt«, sagte er vorwurfsvoll.

Sie nickte. »Ich habe das Bild bei Erlbaum abgeholt und ihn bezahlt. Zweihundertachtzigtausend wollte er. Restauriert. Da kann man nichts sagen.«

Allmen konnte nicht anders, als die Schlitzohrigkeit des alten Restaurators zu bewundern. Inszenierte einen Einbruchdiebstahl und kassierte gleich zweimal.

Für Talfelds Doppelspiel hatte er hingegen weniger Verständnis. Er wurde etwas laut, als er fragte:

»Und weshalb haben Sie mich nicht sofort benachrichtigt?«

»Es war eine Frage der Loyalität.«

»Ist Ihnen klar, dass Sie damit das Leben von María Moreno aufs Spiel gesetzt haben? Von der Alten hätte ich nicht mehr Menschlichkeit erwartet. Aber von Ihnen schon!«

Sie hob die Schultern. »Jetzt haben Sie das Bild ja und können es gegen die Geisel austauschen.«

Allmen fasste sich.

»Die Geisel ist frei.«

»Na sehen Sie.«

Allmen stand auf. »Sie haben mir einmal gesagt, Sie seien ein bisschen käuflich. Darf ich fragen, was der Preis dafür war?«

Cheryl Talfeld breitete die Arme aus. »Das da. Das alles.«

»Zu billig«, sagte Allmen und ging zur Tür.

»Und das Bild?«, rief sie ihm nach.

»Passt besser zu Ihnen!«

Im Lift überschlug er kurz, was er auf dem Schwarzmarkt für das Bild bekommen hätte, und ärgerte sich ein bisschen. Aber dann verbuchte er den Betrag unter ausgegeben, und der Ärger war verflogen.

Denn Reichtum maß er nicht daran, wie viel Geld jemand hatte. Sondern daran, wie viel Geld jemand ausgab.

19

María Moreno war kein Fall für Zwangsmaßnahmen, eine einfache Wegweisung genügte. Und weil sie ihr Folge leisten wollte, drohte ihr auch keine Ausschaffungshaft und keine Zwangsausschaffung. Sie reiste Business Class und mit elegantem Gepäck, beides *with the compliments of* Señor von Allmen. Der Beamte des Migrationsamtes, der dafür sorgte, dass alles seine Ordnung hatte, hielt sich diskret im Hintergrund.

Der andere Begleiter war Johann Friedrich von Allmen persönlich. Carlos de Leon war nicht dabei. Ein internationaler Flughafen war als Aufenthaltsort für einen Illegalen ein zu heißes Pflaster. María und Carlos hatten sich in der vergangenen Nacht zu Hause verabschiedet. Intensiv, wie Allmen als Mitbewohner des hellhörigen Gärtnerhäuschens bezeugen konnte.

Das Problem war gewesen, dass María zur Fahndung ausgeschrieben war. Damit war ihr Fall aktenkundig, und ihr Wiederauftauchen konnte nicht verschwiegen werden. Selbst der tolerante Detektivwachtmeister Gobler war da machtlos.

María musste ausreisen, sobald sie wiederhergestellt war. Was sich nicht sehr lange hinauszögern ließ, denn María war tatsächlich eine starke Frau.

Davon konnte auch Due ein Liedchen singen, der bullige Entführer. María hatte sich mit ihrer zweifachen Flucht selbst bei den Mitgliedern der Interventionseinheit Puma Respekt verschafft.

Sie tranken etwas in der Farewell Bar, María eine Cola, Allmen, da es von der Optik her gut passte, einen Cuba Libre.

María war an diesem Tag ungewöhnlich still. Beide sahen immer wieder verstohlen auf die Uhr, die an der Wand gegenüber hing.

»Ich werde auf ihn aufpassen«, sagte Allmen einmal.

Sie lächelte. »Er auf Sie.«

Und sie war es, die – um einiges zu früh – zum Aufbruch drängte.

Dort, wo Allmen nicht mehr weiter durfte, gaben sie sich die Hand. Plötzlich umklammerte sie ihn und wollte nicht mehr loslassen. Als sie sich endlich von ihm löste, hatte sie Tränen in den Augen. Allmen auch.

»*No es para siempre*«, sagten beide. Es ist nicht für immer.

Er sah sie an der Seite des Beamten durch eine automatische Schiebetür gehen und noch einmal zurückwinken, bevor sie verschwand.

Als er zur Villa Schwarzacker zurückkam, saß Carlos auf dem Aufsitzmäher. Allmen winkte ihm zu.

Aber Carlos hielt den Kopf gesenkt und tat, als sehe er ihn nicht.

Epilog

Es war Sommer geworden. Herrn Arnolds Cadillac fuhr mit sanftem Schaukeln über das holperige Sträßchen. Vorbei an kleinen Fachwerkhäusern und frischgemähten Wiesen.

Es war ein Tag zum Heuen, und viele Bauern taten dies auch. Und wie an einem richtigen Heutag hatten sich im Westen bereits mächtige Wolken zu drohenden Fronten aufgetürmt.

Herr Arnold hatte eine CD von Glenn Miller eingelegt, Allmen war kein triftiger Grund eingefallen, nein zu sagen, als er ihn um Erlaubnis gefragt hatte.

Er kannte diese grenznahe Ecke des Elsass nur von ein paar Ausflügen mit seinem Vater früher zur Spargelsaison. Aber Herrn Arnold war sie vertraut. Seine Frau kam aus Basel.

Er bog von der schmalen Straße in eine noch schmalere ab, die nach einem halben Kilometer in einen Wald führte. Sie waren kaum jemandem begegnet, ein paar Traktoren, einer Gruppe Radfahrer, drei, vier Autos mit französischen oder Schweizer Kennzeichen.

»Müsste nicht bald die Grenze kommen?«, fragte Allmen.

»Schon vorbei«, antwortete Herr Arnold.

Der Wald hörte auf, und die Landschaft war wieder die gleiche: kleine Gehöfte, Wiesen, Heuernten, nur alles etwas heimatlicher.

Wieder bog Herr Arnold von der Straße ab und in einen Wald. Er nahm die nächstbeste Abzweigung und hielt nach ein paar Metern außer Sichtweite der Straße.

Beide stiegen aus und schauten sich um. Herr Arnold öffnete den Kofferraum.

Allmen half María Moreno galant heraus. Sie klopfte ihr Kleid ab, strich sich die Haare aus dem Gesicht und sagte: »Ich hätte nie gedacht, dass ich noch einmal freiwillig in einen Kofferraum steigen würde.«